文春文庫

悲しみの秘義

若松英輔

文藝春秋

はじめに

ちょうど三十歳になったころだった。自分から言葉が離れて行く、そんな感触を味わったことがある。

当時勤めていた会社で、新しい、当時の私にとっては、とても大きな仕事を任されて浮き足だった状態だった。

想い出すのも嫌な自分がそこにいる。自分は何ができるのかということばかりを考えていて、何をなさねばならないのかをほとんど考えていなかった。心は自分の願望で一杯だった。成し遂げたいと思うことで心は埋め尽くされていた。

一見すると希望にあふれた者のように見えてもそんなとき人は、人生の問いから遠いところにいる。人は、自分の心の声が聞こえなくなると他者からの声も聞こえなくなる。

祈ることと、願うことは違う。願うとは、自らが欲することを何者かに訴えることだが、祈るとは、むしろ、その何者かの声を聞くことのように思われる。

あの頃の私には、慈しみも他者へのいたわりもなかった。自信と呼べるようなものも、まったく感じられていなかった。他者を信用する以前に自分を信じられていなかったのである。だが、もっとも欠落していたのは祈りである。人生の声を聞くことができなくなってしまっていた。

生きるとは、人生とは何かを問うことではなく、人生からの問いに応えることだと『夜と霧』の著者ヴィクトール・フランクルは言った。人生は、答えを出すことを求めない。だが、いつも真摯な応えを求めてくる、というのである。

人生はしばしば、文字にできるような言葉では語らない。人生の問いと深く交わろうとするとき私たちは、文字を超えた、人生の言葉を読み解く、内なる詩人を呼び覚まさなくてはならない。

私の中に詩人がいる。

内なる詩人がいる。

詩人は、私が話す時に沈黙し、黙すると静かに語り始める。
詩人は、あまり言葉を信用していない。
呻きや嘆きだけが表わし得るものがあることを知っている。
だから詩人は、ずっと泣いていることもある。
詩人は、あまり言葉を信用していない。
だから黙って祈ってばかりいることもある。

あるとき、詩とも呼び得ないようなものが心に宿った。書いてみると、日ごろ忘れている内心の声を聞くような実感があった。
人が語ろうとするのは、伝えたい何かがあるからであるよりも、言葉では伝えきれないことが、胸にあるのを感じているからだろう。言葉にならないことで全身が満たされたとき人は、言葉との関係をもっとも深めるのではないだろうか。

ここに収めた二十六編のエッセイは、そうした心持ちのなかで宿り、生まれた。

目次

悲しみの秘義

1　悲しみの秘義

涙は、必ずしも頬を伝うとは限らない。悲しみが極まったとき、涙は涸《か》れることがある。深い悲しみのなか、勇気をふりしぼって生きている人は皆、見えない涙が胸を流れることを知っている。

悲しみを生きている人は、どんな場所にもいる。年が改まり、世がそれを寿《ことほ》ぐなかでも独り、悲しむ人はいる。この悲しみには底があるのか、と思われるほど深い悲嘆にくれる日々を過ごす人もいるに違いない。

かつて日本人は、「かなし」を、「悲し」とだけでなく、「愛し」あるいは「美し」とすら書いて「かなし」と読んだ。悲しみにはいつも、愛《いつく》しむ心が生きていて、そこには美としか呼ぶことができない何かが宿っているというのである。ここでの美は、華美や華麗、豪奢《ごうしゃ》とはまったく関係がない。苦境にあっても、日々を懸命に生きる者が放つ、あの光のようなものに他ならない。

人生には悲しみを通じてしか開かない扉がある。悲しむ者は、新しい生の幕開けに立ち会っているのかもしれない。単に、悲しみを忌むものとしてしか見ない者は、それを背負って歩く者に勇者の魂が宿っていることにも気がつくまい。「小岩井農場」と題する詩で宮澤賢治《みやざわけんじ》（一八九六〜一九三三）は、悲しみにふれ、こう書いている。

もうけつしてさびしくはない
なんべんさびしくないと云《い》つたとこで

またさびしくなるのはきまつてゐる
けれどもここはこれでいいのだ
すべてさびしさと悲傷とを焚《た》いて
ひとは透明な軌道をすすむ

この詩を賢治は、妹トシが亡くなる半年ほど前に書いている。賢治は妹を愛した。彼女の死は、賢治に半身が奪われたような苦しみを強《し》いた。

詩を書いたとき、妹は病の床にいた。彼女の死が頭を強くよぎくる。淋《さび》しくないと強がってみたところでまた、淋しさが襲ってくるに決まっている。しかし、それでも構わない。闇に覆《おお》われ、光を見失うこともあるかもしれない。それでも自分は独り、定められた道を「すべてさびしさと悲傷とを焚いて」進むというのである。

「透明な軌道」という表現は、人生の道は目に見えず、それぞれの人にとって固有のものであることを示している。

同じ悲しみなど存在しない。そういうところに立ってみなければ、悲しみの実相にはふれ得まい。同じものがないから二つの悲しみは響き合い、共振するのではないか。独り悲しむとき人は、時空を超えて広く、深く、他者とつながる。そうした悲しみの秘義ともいうべき出来事を賢治は、生き、詩に刻んだ。

逝《い》った大切な人を思うとき、人は悲しみを感じる。だがそれはしばしば、単なる悲嘆では終わらない。悲しみは別離に伴う現象ではなく、亡き者の訪れを告げる出来事だと感じることはないだろうか。

愛《いと》しき者がそばにいる。どうしてそれを消し去る必要があるだろう。どうして乗り越える必要などあるだろう。賢治がそうだったように悲しみがあるから生きていられる。そう感じている人はいる。出会った意味を本当に味わうのは、その人とまみえることができなくなってからなのかもしれない。

邂逅《かいこう》の喜びを感じているのなら、そのことをもっと慈しんでよい。勇気を出して、そう語り出さなくてはならないのだろう。

あなたに出会えてよかったと伝えることから始めてみる。相手は目の前にいなくてもよい。ただ、心のなかでそう語りかけるだけで、何かが変わり始めるのを感じるだろう。

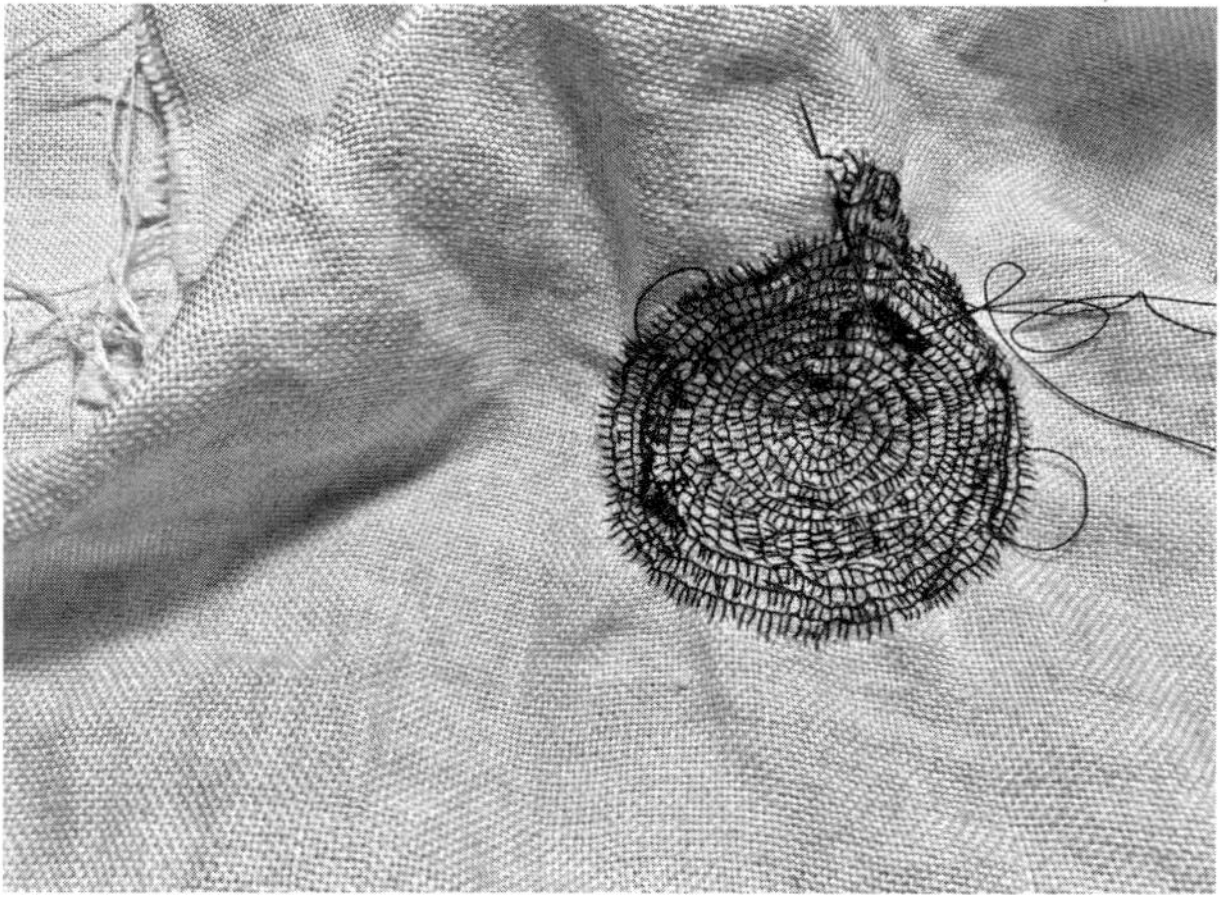

2　見えないことの確かさ

偶然、ある出来事が起こって、どこからか心に光が差し込んでくる、そう感じたことはないだろうか。光線を目で見たわけでもないのに、光としか言いようのない何かが胸を貫くのを感じたことはないだろうか。

また、あることを心から理解したとき私たちは、「わかった」と過去形で言う。そんなとき人は、自分にとって親しい、しかし、本当の意味をはかりかねていた何かを発見したかのように、その衝撃を語り始める。

私たちが日常でしばしば経験しているこれらの現象は、真に人を目覚めさせる契機となるものがすでに、その人の内に宿っていることを示している。光はないものを照らし出すことはできないからだ。

美術館に行く。不意に何かに打たれたような衝撃を受けて、その絵の前で呆然《ぼうぜん》と立ち尽くす。公園で、花を咲かせた一本の樹木に魅せられることもあるかもしれない。街で耳にする音楽に、はっとさせられることもある。だが、ほかの人は何事もなかったように傍らを通り過ぎてゆく。人生を変えるような大きな出来事が起こっていても、周囲はそれに気が付かない。

本との出会いも似た状況で起きる。探していた一冊に出会えたとき私たちは、単に新しい言葉を知ったという風には思わない。時空を超えてやってきた、未知の、しかし、旧友と呼びたくなるような存在と巡り会ったように感じる。

しかし、自分に起こったことを懸命に説明しても、なかなかほかの人には伝わらない。だからだまって本を贈ることもある。だが、人からもらった本にはなかなか手が伸びない。一方、送った人は、自分に起こった小さな「事件」がほかの人にも起こると信じている。

　人生の岐路と呼ぶべき出来事は、それが自分のなかではどんなに烈しく起こっていても、それを他者と分かち合うことはできない。理由はもう分かっている。それらはすべて、私たちの内なる世界で生起した、私にとっての「事件」だからだ。

　希望、情愛、信頼、慰め、励まし、癒《いや》し、どれも生きていく上でなくてはならないものだ。いずれも見ることもできなければ、手で触ることもできない。とはいえ、見えないことと、ないこととは違う。見えないが存在する、そうしたものが、私たちの人生を底から支えているらしい。

これから詩を書いていきたいと願う若者がいた。詩を書くとは内なる世界の出来事に真実が潜んでいることを、言葉によって証《あか》しする営みである。

青年はあるとき、何の前ぶれもなく、詩人リルケ（一八七五～一九二六）に自作の詩に手紙を付して送った。その返事にリルケは、次のような一節を書き送った。

そんなことは一切おやめなさい。あなたは外へ眼を向けていらっしゃる、だが何よりも今、あなたのなさってはいけないことがそれなのです。誰もあなたに助言したり手助けしたりすることはできません、誰も。ただ一つの手段があるきりです。自らの内へおはいりなさい。

（『若き詩人への手紙』高安国世訳）

人はみな、例外なく、内なる詩人を蔵している。詩歌を作るかどうかは別に、誰もが詩情を宿している。そうでなければ真理や善、あるいは美しいものにふれたとしても何も感じることはなく、それを誰かに伝えたいと思うこともないだろう。内なる詩人はこう語る。見えないから不確かなのではない。見えないからこそ、いっそう確かなのだ。

3　低くて濃密な場所

「よむ」という営みは、文字を追うこととは限らない。こころを、あるいは空気を「よむ」ともいう。句を詠《よ》む、歌を詠むともいう。「詠む」は、「ながむ」とも読む。『新古今和歌集』の時代、「眺む」

は、遠くを見ることだけでなく、異界の光景を認識することを指した。

本を読むというときにさえ私たちは、そこに記号を超えた何かを認識している。表記されている奥に隠れた意味があることを感じている。行間を読むとは、そうしたことを、どうにか言葉にしようと思った者が思い至った表現なのだろう。「よむ」という言葉には、どこか彼方《かなた》の世界を感じとろうとする働きがある。

その一方で、懸命に読もうとしたときに、いっこうに「よめて」こないこともある。本を開き、書かれている事実を読み過ごさないように、不明なことは調べ、懸命に読むのだが言葉の扉が開かない。何かにさえぎられるような心地がする。

重大な発見があるのではないかと強く身構えるとき、その人の中で、ほとんど無意識的に「重大なもの」が設定されてしまう。そして、その想定から外れるものを見過ごす。安易な未来への予測は、想像を超えてやってくる、未知なる出来事の到来を邪魔しているのかもしれない。

本当に探しているものが何であるか、本当に必要なものがどんな姿をしているか、人は知らないことが多い。また、望んでいるものが、望んでいるかたちをして顕《あら》われるとは限らない。世界は、意味ある機会に満ちている。人生を創造するような邂逅を妨げているのは、私たちの意図と計画なのかもしれないのである。

越知保夫《おちやすお》（一九一一〜一九六一）という批評家がいる。小林秀雄論をはじめ、日本の古典から近代フランス哲学までを射程にいれ、それまでになかった文体と調べをもって登場した人物だった。だが彼は、病に倒れ、一冊も著作を世に問うことなく、四十九歳で亡くなった。彼は「よむ」、あるいは認識するときの死角にふれ、次のように書いている。

歴史的見地にせよ、心理学的見地にせよ、人間を上から眺めている人は、自分が同じ人間であることを忘れている。その人の立っている場所からは、物がよく見えるかもしれない。が、見えすぎるのである。〔パスカルの〕『パンセ』が我々をつれて行く場所は、そのような高みではない。パスカルは我々をもっと低い場所へ導く。もっと空気の濃密な場所へ。

（「小林秀雄論」）

現代人は情報を取り入れることに忙しく、不可視なものを「よむ」ことを忘れ、ひたすら多くのことについて知ろうとしている。「よむ」とは、単に文字を追うことではなく、むしろ、越知のいう「低い」、「空気の濃密な場所」へ赴き、言葉の奥にひそむ意味を発見することではないだろうか。

空気は目に見えない。しかし、私たちは全身でその存在を感じている。「よむ」ときも目や頭だけでなく全身を開放して言葉に向き合わなくてはならない。

読むことは、書くことに勝るとも劣らない創造的な営みである。作品を書くのは書き手の役割だが、完成へと近付けるのは読者の役目である。

作品は、作者のものではない。書き終わった地点から書き手の手を離れてゆく。言葉は、書かれただけでは未完成で、読まれることによって結実する。読まれることによってのみ、魂に語りかける無形の言葉になって世に放たれる。読み手は、書き手とは異なる視座から作品を読み、何かを創造している。書き手は、自分が何を書いたか、作品の全貌を知らない。それを知るのはいつも、読み手の役割なのである。

4　底知れぬ「無知」

あなたはこういう人だ、と決めつけるように告げられたとき、誰もが少し厭《いや》な気がする。確かに、そう言われるようなところはあるかもしれないが、それだけじゃない、と反論したい心持ちがふつふつと湧いてくる。

哲学の祖と呼ばれるソクラテスは、哲学の極意は、「無知の知」を生きることだと語った。本当に知らない、と心の底から感じ得ることが、哲学の原点だというのである。

何かを本当に知りたいと思うなら、心のうちに無知の部屋を作らなくてはならない。分かったと思ったとき人は、なかなかそれ以上に探求を続けようとはしないからだ。

ソクラテスがいう「哲学」とは、単に知識を積み重ねることではない。それは心から真実にふれたいと願い、叡知《えいち》を探求することにほかならない。だからソクラテスにとって哲学者とは、豊富な知識を誇る者であってはならなかった。むしろこの人物は、いたずらな知識は不要なばかりか叡知と人間の関係を邪魔するものだと感じていた。
ソクラテスは、文字を書き残さなかった。彼の言葉として伝わるのは皆、弟子プラトンの対話編にある。その一つ『メノン』と題する作品でソクラテスは、知ることをめぐってこう語っている。

どうやら君には、ぼくが何か特別恵まれた人間にみえるらしいね。徳が教えられうるものか、それともどんな仕方でそなわるものなのか、そんなことを知っていると思ってくれるとは！　だがぼくは、教えられるか教えられないかを知っているどころか、徳それ自体がそもそも何であるかということさえ、知らないのだよ。

（藤沢令夫訳）

この作品には「徳について」という副題が付されている。ソクラテスは人間における徳とは何かをめぐって対話を始めるにあたって、そもそも自分は、「徳」が何であるかを知らないと語り始めるのだった。

彼に徳に関する実感がないのではない。徳は存在すると彼も信じている。ある人物によってそれが体現されている光景にも接したことがある。だが、彼は、それが何であるかを決して断言しないのである。この著作だけではない。ソクラテスは生涯を通じて何ら結論を言い残さなかった。

哲学を意味するギリシア語フィロソフィアは、「叡知を愛する」ことを意味した。ソクラテスが考えた哲学が、真理を言い当てることではなかったのは、先の一節からも分かる。愛するとは、それが何であるかを断定しないまま、しかし、そこに語りえない意味を感じ続ける営みだとはいえないだろうか。誰かを愛し続けているとき、私たちはその人と生きることの、尽きることない意味を日々、発見しているのではないか。この人を愛している。でも、この人がどんな人か一言でいうことはできない、そう感じるのではないだろうか。

同質のことは、仕事にもいえる。自分の仕事を愛する人は、その仕事にめぐり会えた幸福を語る一方で、自分がそれを極めることはないだろうことを予感している。仕事は解き明かすことのできない、人生からの意味深い問いかけに映っている。

愛することには、ときに静かな苦役を伴う。しかし、人はその苦しみにも意味があることを知っている。ここでの「仕事」は、金銭を手に入れることではない。人間が、その人に宿っている働きをもって、世界と交わる営みを指す。子育て、病む者の介護をはじめ、家族の無事をおもんばかることが、重要な人生の仕事であるのはいうまでもない。

改めて考えると不思議だが、情愛と共に人生の道を生き抜こうとする者は皆、力を伴った徳を具《そな》えている。私はこれまで何人もそうした無名の叡知の人に出会ってきたように思う。

5 眠れない夜の対話

眠れない夜がある。格別嫌なことがあったわけではないが、寝られない。それだけで充分《じゅうぶん》につらいのだが、こうした日には決まって、悲しみとも苦しみとも命名し難いような気持ちが湧き上が

ってくる。ゆっくりと花が開花するように、心の奥にしまってお
いたはずの気持ちが広がり始める。そんなときにしばしば、思い
出すのが次の詩だ。

暗やみの中で一人枕をぬらす夜は
息をひそめて
私をよぶ無数の声に耳をすまそう
地の果てから　空の彼方から
遠い過去から　ほのかな未来から

夜の闇にこだまする無言のさけび
あれはみんなお前の仲間達
暗やみを一人さまよう者達の声
沈黙に一人耐える者達の声
声も出さずに涙する者達の声

ブッシュ孝子《たかこ》（一九四五〜一九七四）の『白い木馬』と題する詩集にある一篇である。題名はない。この詩に初めて出会ったのは精神科医神谷《かみや》美恵子《みえこ》の『こころの旅』だった。この本で神谷は、深い共感をもって彼女の詩を複数引いている。

この女性は、いわゆる詩人ではなかった。ガンのため逝ったのは二十八歳のときだった。亡くなる五ヶ月ほど前のある日、突然、言葉があふれる経験をして以来、彼女はノートに詩を書き続けた。書きつけた言葉が、おのずと詩になったという方がよいのだろう。

結婚したのはガンに罹《り》患《かん》しているのが分かってからだった。夫ヨハネスはドイツ人だった。詩集が刊行されたのは没後である。

部屋にひとり、暗闇のなか、涙で枕を濡《ぬ》らすとき、彼女は何を感じていたのだろう。自分を襲った試練を思い、天を呪詛《じゅそ》することすらあったかもしれない。大切な人を想えば想うほど、別離が悲しく、苦しくなる。誰かを愛することは、同時に悲しみを育てることだと想われていたかもしれない。このとき全身で経験しているのは、人生の意味を深みから照らす「悲愛《ひあい》」とでも呼ぶべきものであることも、同時に感じられていただろう。

彼女は、どこからともなく声にならない「声」がやってくるのに気が付く。苦しむ人、嘆いている人、悲しみに打ちひしがれる人がいる。泣き叫びたいが、声を押し殺して涙している者が無数にいる。その姿を、目で見ることはできないが、確かに存在を感じる。そうした人々を彼女は、未知なる自分の「仲間」だという。

人生は、固有の出来事の連続だから、同じ悲痛は存在しない。しかし、悲嘆を生き抜くという営みにおいて人は、他者と深くつながることができる。逃れ難い人生の試練を生きる者たちの心は、時空を超えて共振する。

真に他者とつながるために人は、一たび独りであることをわが身に引き受けなくてはならないのだろう。独りだと感じたとき、他者は、はじめてかけがえのない存在になる。

眠れない夜は、日ごろ、忙しさのなかで言葉を交わすことを忘れている人と、無言の対話をするときなのかもしれない。優れた詩を読む、それは沈黙のうちに書き手と言葉を交わすことでもある。

だが、詩は扉であって、真に向き合うべき相手は別にいる。それは自分だ。人は、さまざまなことに忙殺され、自らと向き合うのを忘れて日常を生きていることが少なくないからである。

これを書いている今も深夜だ。睡眠が奪われるのはつらい。しかし、こうして人生からの呼びかけに応えることで、何かが生まれようとしているのかもしれない、そう思って自らを慰めている。

6 彼方の世界へ届く歌

悲痛という表現がある。悲しみは心情を表す言葉だから、本来ならば痛いと感じることはないはずなのに、そうとしか言い得ない出来事が確かにある。言葉は、想いのすべてを表現し得ない。そんな実感は毎日の生活のなかでしばしば経験される。

こうした命名しがたい情感が心で大きな場所を占めている、と感じられる。誰に伝えようもないばかりか、それが何であるかを自分でも分からないまま、私たちは痛みとともに日々を過ごし続けなくてはならないのだろうか。

肉体的な痛みは、苦しみの原因であるだけでなく、治癒が必要であることを知らせる身体からの訴えでもある。心においても同じで、悲痛は、しばらく立ち止まって、時によって癒やされるがよいという人生からの促しなのかもしれない。

人はしばしば、自分の苦しみだけを見て、慰めが必要なことを見過ごしている。涙はときに、心身がともに休息と慰藉《いしゃ》を求めていることを私たちに教えてくれる。涙を流したときにはじめて、自分は悲しんでいたのだと知ることすらある。

誰にも語り得ないとしても、今、感じている悲しみが、かけがえのないものであることを涙は教えてくれる。小林秀雄《こばやしひでお》は「言葉」（『考えるヒント』所収）と題するエッセイで、悲しみと涙をめぐってこう書いている。

悲しみに対し、これをととのえようと、肉体が涙を求めるように、悲しみに対して、精神はその意識を、その言葉を求める。

涙が頬をつたう。それは何ものかが、言葉を探す準備が整ったことを知らせている、というのである。

こうしたとき古人は歌を詠んだ。愛する人、自然にむかって語りかけた。生きる者だけでなく、亡き者にむかっても倦《う》まず、歌を届け続けた。魂にふれること、それが言葉に秘められた、もっとも根源的な働きであることを、歌人たちは本能的に感じていた。心で詠んだ歌が、魂となった逝きし者たちにどうして届かないはずがあろうか、それが古人の確信だった。

歌は、初めから三十一文字の形式をしていたのではない。長い年月のなか、無数の悲痛が折り重なるうちに姿が整えられていった。先に見たのと同じ一文で小林は、歌の起源にもふれている。

悲しみ泣く声は、言葉とは言えず、歌とは言えまい。寧《むし》ろ一種の動作であるが、悲しみが切実になれば、この動作には、おのずから抑揚がつき、拍子がつくであろう。これが歌の調べの発生である、と宣長《のりなが》は考えている。

言葉とも呼ぶことができない呻《うめ》き、それが和歌の始まりだというのである。ここでの歌は挽歌《ばんか》、死者に呼びかける歌である。挽歌は次第に、愛惜の想いを募らせた相聞歌《そうもんか》になっていった。同じことは現代に生きる私たちの心中でも起こる。

だが、歌になじみのない現代人は、急に想いを詠み上げることはできない。歌を詠むことができないなら手紙を書いてみてはどうだろう。かつて歌は、彼方の世界にまで届くと信じられていた。今日の言葉だけは、必ず届くのだと思い、亡き人に手紙を書いてみる。愚かしいと断ずるのは、一度書いてみてからでも遅くない。

文字を記すことができないなら、呻きよ、言葉になれ、と願うだけでもかまわない。その想いは必ず、見えない言葉で刻まれた手紙となって、天へと駆け上がるからである。

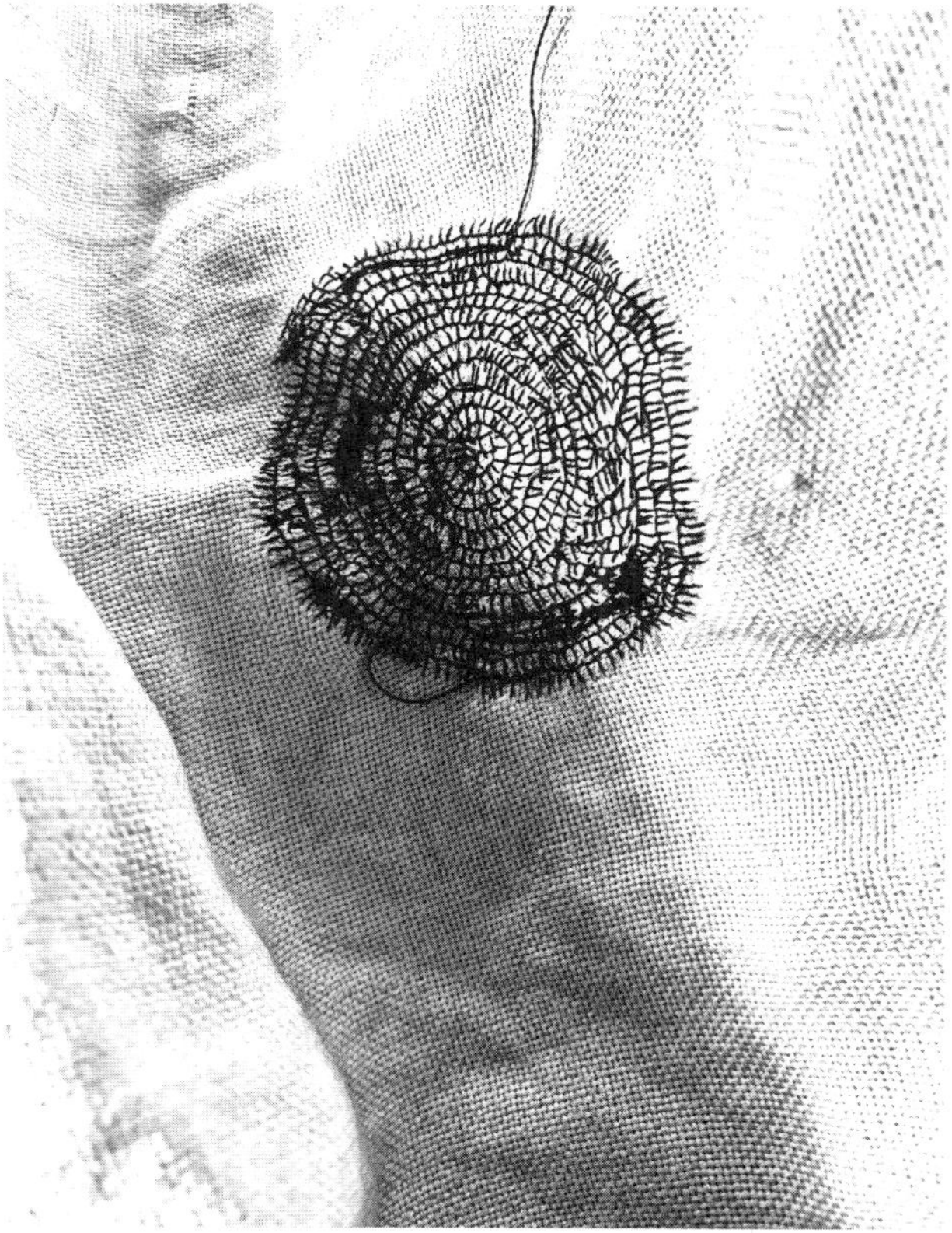

7　勇気とは何か

争いによって生命が失われている情勢が、連日、止むことなく報道されている。報道を見た者は事実を認識するよりも、まず強く恐怖を感じるのではないだろうか。恐怖はときに、人間から考えることを奪う。

現代人は、情報を手に入れると安心する。分かったと思い込む。だが、情報に心を領された者は考えることを止めてしまう。考えるとは、情報の奥にあることを見極めようとする営みでもあるからだ。

このことがいかに重要かは、自分が知られる対象になったことを想像すればすぐに分かる。言葉を発することも赦《ゆる》されず、噂や履歴書だけで人格まで判断されるのを、誰も好ましいとは思わないだろう。

考えるとは、安易な答えに甘んじることなく、揺れ動く心で、問いを生きてみることだ。真に考えるために人は、勇気を必要とする。考えることを奪われた人間はしばしば、内なる勇気を見失う。私たちは今、武力を誇示するような勇ましさとはまったく異なる、内に秘めた叡知の働きを呼び覚まさなくてはならない。

勇気を出す、勇気を振り絞るという。こうした表現は、勇気とは誰かに与えられるものではなく、すでに万人の心中に宿っている事実を暗示している。

『点滴ポール 生き抜くという旗印』（ナナロク社）と題する岩崎《いわさき》航《わたる》（一九七六〜）の詩集がある。勇気とは何かを考えるとき、まず思い浮かぶのはこの詩集だ。

今、岩崎は東北に暮らしている。三歳で筋ジストロフィーを発症して以来、ベッドの上で毎日を送っている。彼は、身動きが自由にできないばかりか、呼吸すら医療機器の助けを借りなくてはならない。外見上は、ほとんど無力な存在に映るのだが、紡ぎ出される言葉は、尽きることのない力に満ちている。勇気にふれ、彼はこんな詩を書いている。

ここにいる　そこにもいる
目の前にいる普通の人こそ
知られざる
勇者であること
わたしは生きて知りました

人はときに、瞬間を生きるためにも大きな勇気を要することがある。大げさなことではない。あの一瞬をどうにか生き抜くことができたから今、自分は生きている、そんな経験をした人は少なくないだろう。

絶望のなかで自死を考えたとき、彼は、戦慄するような恐怖と同時に、わずかな、しかし、確かな死に抗う力が生まれ出るのを感じる。岩崎は、人生からの微《かす》かだが、重要な呼びかけを聞き逃さない。

自分はもう生きられないと思う。しかし人生は、まったく逆のことを彼に告げる。絶望のあるところには必ず希望が隠れていると、人生は語る。人生は失望を飲み込み、希望という光に変じ、内なる勇者を目覚めさせる。岩崎は「光」をめぐって次のように謳《うた》っている。

どんな
微細な光をも
捉える

眼《まなこ》を養うための
くらやみ

暗闇は、光が失われた状態ではなく、その顕現を準備しているというのだろう。確かに人は、闇においてもっとも鋭敏に光を感じる。

ここでの光は、勇気と同義だが、同時に希望でもある。勇気と希望は、同じ人生の出来事を呼ぶ二つの異名である。内なる勇気を感じるとき人が、ほとんど同時に希望を見出《みいだ》すのはそのためだ。この詩集の序文で岩崎は、真に希望と呼ぶべきものは「絶望のなか」に見出したと語る。

絶望のなかで見いだした希望、苦悶《くもん》の先につかみ取った「今」が、自分にとって一番の時だ。そう心から思えていることは、幸福だと感じている。

ここに勇気の文字は記されていないが、読む私たちはそれを感じる。勇気とは、語り得る何かではなく、試練を生きる者の生涯によって体現されるものなのかもしれない。

8　原民喜の小さな手帳

二〇一五年で日本は、戦後七十年を迎えた。それはまた、広島、長崎に原子爆弾が投下されてから同じ歳月が経過したことを意味している。原民喜《はらたみき》（一九〇五〜一九五一）は「夏の花」と題する小説で、当時の広島の光景を描き出した。

この作品は、民喜が原爆投下の翌日から書き始めた手記に基づいて書かれている。「原爆被災時のノート」と呼ばれるこの手記を、世界記憶遺産に登録しようという動きがある。ノートは、これまで遺族が管理していたが、広島平和記念資料館に寄託されることになった。

「夏の花」に描かれている場所を歩いたことがある。民喜研究者の竹原陽子さんと民喜の遺族の原時彦氏が案内をしてくれた。

しばらく歩いて、小休止をしているときだった。時彦氏が「今日は民喜もいっしょに来ております」と言い、背負っていたリュックからおもむろに箱を取り出した。中に入っていたのがその手記で、手のひらほどの、黒い表紙のうすい手帳だった。
再び歩き出して、大きな通りに出たとき、時彦氏はつぶやくように言った。「文彦が見つかったのはこのあたりです」。「夏の花」では、主人公と次兄が探していた甥《おい》の亡骸《なきがら》に遭遇するくだりがある。甥の名はそのまま文彦と記されている。時彦氏の弟である。

上着は無く、胸のあたりに拳大《こぶしだい》の腫《は》れものがあり、そこから液体が流れている。真黒くなった顔に、白い歯が微《かす》かに見え、投出した両手の指は固く、内側に握り締め、爪が喰込んでいた。(中略)次兄は文彦の爪を剝《は》ぎ、バンドを形見にとり、名札をつけて、そこを立去った。涙も乾きはてた遭遇であった。

原爆投下直後の街では遺体をすぐに運ぶことはできない。運ぶ手段も場所もなかった。文彦の父親が名札を付けたのは、あとで戻ってくるためだった。だがその一方で父親は、もう二度と息子に会えないかもしれないとも感じ、爪を剝ぎ、バンドをはずして形見にする。信じがたい現実を前に、あまりの悲しさに涙も涸れたというのである。

憂いは現実になった。父親が戻って来たとき、すでに息子の姿はその場所にはなかった。

民喜の言葉が本当なら、平然としているように見える人々の心にも汲みつくすことができないような悲痛があることになる。悲しみに打ちひしがれている人はむしろ、涙を流して泣いてはいないかもしれないからだ。

この一節との遭遇は、私にとっては文字通りの意味での事件だった。二〇一〇年に妻を喪《うしな》い、悲しみに押しつぶされそうになりながらもすでに涙は出なくなっていた。この言葉に出会う前と後では世界が違って見える。今では、悲しみとは絶望に同伴するものではなく、それでもなお生きようとする勇気と希望の証しであるように感じる。悲しみは、自己と他者の心姿を見通す眼鏡のようにも感じる。悲しみを通じてしか見えてこないものが、この世には存在する。

二〇一三年から二〇一五年文芸誌『三田文學』の編集長をしていた。民喜はかつて同じ役務についていた。民喜がいた頃の編集部は、東京の西神田の能楽書林という出版社の一角にあった。かつて仲間たちと営んでいた会社もそこから一分ほどの場所にあった。民喜が自ら命を絶ったのは、東京の西荻窪駅と吉祥寺駅の間だった。十年以上私は、西荻窪に暮らしていたことがある。

昨年（二〇一四年）の夏、民喜との関係をめぐってもう一つ大きな発見があった。郷里の新潟に帰省したとき母に、近年、原民喜の存在が気になって仕方がないという話をしたときのことである。すると母が「あなたも広島に縁があるからね」と何気なく言ったのだ。このとき母方の祖父の本籍が広島でそこから出兵したことをはじめて知った。母はこれまでにも話したことがあったつもりでいたらしい。

遠い、しかしどこまでも懐かしい郷愁を広島に感じる理由の謎が氷解したように感じた。今年の夏もまた、広島に行き民喜が歩いた場所をたどってみようと考えている。

9　師について

二〇一四年の三月八日に師が逝った。井上洋治《いのうえようじ》神父である。彼はカトリックの司祭で、優れた神学者、思想家でもあった。

神父の役割は、イエスの言葉を人々に届けることである。彼は日本人に西洋の神学を押し付けるのではなく、日本人の心に直接響く言葉を探した。イエスに関する知識ではなく、イエスの心を伝えたい、そのことを、心から心に伝えたい、としばしば語った。

師とめぐり会ったのは十九歳のときだった。この出会いから人生は明らかに位相が変わった。当時そう感じたのではない。師が亡くなり一年が経ち、今更ながらにそう思うのである。

世にいう師とは、どう生きるかを教えてくれる存在であるかもしれないが、私の師は違った。彼が教えてくれたのは、生きるとは何かということだった。人生の道をどう歩くのかではなく、歩くとはどういう営みであるかを教えてくれた。

もう二十五年以上前になる。学生時代の終わり頃ノイローゼになった。医師がカルテに「神経症」と書いたのをはっきり覚えている。自分が造った小さな世界に逃げ込んでしまい、出ることができなくなっていた。原因は、はっきりしている。働くのが嫌だったのである。働かなくてもよい環境にいたのではない。むしろ逆だった。

どうしてそう思い込んだのか、ものを作る会社に勤めなくてはならないと思い込んでいた。特殊な技能も資格もない。製造業の会社に勤務するとなればきっと営業職で、下戸《げこ》で、歌うこともまったく苦手な自分は、耐えがたい辛酸をなめるに違いないと思ったらとたんに、世にでるのが怖くなった。比喩ではない。部屋から出られなくなった日々も少なからずあった。

当時、師は、多忙の時間を割いて、若者と新約聖書を読む集いを設けてくれていた。集いといっても同席していたのは師をふくめて五人で、今から思うとなんと贅沢《ぜいたく》な時間だったのかと思う。

ある日その場で、出口を失ってどうにもならない心情を、そのまま吐露した。

聖書のどこを読んでも自分は光を見つけられない。そればかりか自分が救われないことだけがはっきりしてくる。そう語り、矛盾したことが述べられている箇所を挙げ、数十分にわたってひとりで話し続けた。すると、だまって聞いていた師が、こう言ったのである。

「今日は、とてもすばらしい話を聞かせてもらいました。ありがとうございます。しかし、ひとつだけ感じたことがある。信仰とは頭で考えることではなく、生きてみることではないだろうか。知ることではなく、歩いてみることではないだろうか」

この一言が私を変えた。その日からゆっくりと病は癒え始め、しばらくして、文章を書くようになった。病がなければ、こうして言葉をつむぐ仕事に就くこともなかっただろう。

生前、神父を師と呼んだことはなかった。師と呼ぶには、私が彼に弟子だと認められなくてはならない。師弟の関係は、弟子の敬意が深いだけでは成り立たないのである。

だが今、彼を師と呼ぶのは亡くなる一月《ひと》ほど前、没後の出版を託され、原稿を預けられたからだ。また、師が最後に読んだ著述が、雑誌に掲載された私の『イエス伝』であることを亡くなったあとに聞かされたからでもある。彼の遺稿には、こんな一節がある。

宗教は考えて理解するものではなく、行為として生きて体得するものです。たとえてみれば、山の頂上にむかって歩んでいく道であるといえましょう。人は二つの道を同時に考えることはできても、同時に歩むことは決してできません。

（『遺稿集「南無アッバ」の祈り』）

人生の意味は、生きてみなくては分からない。素朴なことだが、私たちはしばしば、このことを忘れ、頭だけで考え、ときに絶望してはいないだろうか。

10　覚悟の発見

言うだけなら簡単だ、という言葉をしばしば耳にし、口にすることもある。確かに、できもしないことを公言して、やった気になるのは容易だ。しかし、その一方で、言うという行為が、内心で、沈黙のうちに行われるとき、予想もしなかったような働きをもつことも、私たちは知っている。秘めた決意には人生を根底から変える力が宿っている。こうした想いを抱くことを人は、「覚悟」と呼んできた。

覚の文字は、覚えることと同時に目覚めることを意味する。これまで気が付かなかったことを発見する、といった営みの表現でもある。

通常、覚えるとは、新しいことを身につけてゆくことのように映るが、じつは内なる可能性の開花であることを、この文字の由来は物語っている。こうした認識は漢字文化にだけあるのではない。古代ギリシア時代の哲学者プラトンも、知ることはすべて想い出すこと、「想起」することだと語った。

悟は、「さとる」と読む。この字の部首である「忄」は、立心《りっしん》偏《べん》と呼ぶように「心」の文字が変形したものだ。吾は、「われ」とも読むように自分自身を指す。悟るとは、自らの心の働きを深く感じることだというのである。

これらの二つの言葉が交わり、生まれた言葉が「覚悟」だ。

人生の困難に直面したとき私たちは、もがき、苦しみ、うめく。悲痛に打ちのめされて、身動きができなくなる。なぜ、生まれてこなくてはならなかったのかと思うことさえあるかもしれない。そこから抜け出すために、さまざまなことを試みる。そんなとき人は、無意識に言葉を探す。こう書くと奇妙に聞こえるかもしれないが本当だ。わらをもつかむ思いで探すのは言葉なのである。

現代に生きている者たちの多くは、言葉にさまざまな姿があることを忘れている。また、言葉に人生を変える力があることを見失っている。私もある一節に出会うまではそうだった。それは、哲学者池田晶子《いけだあきこ》が『あたりまえなことばかり』と題する著作で、言葉の秘義にふれ、書いた次の言葉だった。

死の床にある人、絶望の底にある人を救うことができるのは、医療ではなくて言葉である。宗教でもなくて、言葉である。

この一節は、尽きることのない光は外からではなく内から射し込むことを教えてくれた。出会ったのは東日本大震災の数ヶ月あとで、その一年ほど前に近しい者を喪い、闇がいっそう深まろうとしていたときだった。

心の琴線にふれたとき、明言しようとしてもうまくいかず、思わず「ああ」と言う。表れは漠然としているが、心は豊かに働き、何かをはっきりと感じている。その証しとしてときに落涙《らくるい》することさえある。

言葉にならない想いにも、大きな意味があることを知る者たちはいつからか、「ああ」という発露に「嗚呼」という文字を当てた。こうした出来事が、嗚咽《おえつ》のうちに現れる、内心からの呼びかけであることを示そうとしたのだろう。

池田のいう「言葉」も、必ずしも明瞭な言語であることを意味しない。それはときに文章にならない詠嘆のほとばしりとして顕現することがある。彼女はそれを内なる言葉、「内語」と呼んだ。内語は複雑な姿をしていない。私たちがそれを見過ごしがちなのは、あまりに素朴な姿をしているからだ。

やわらかな日の光にふれ、小さな呼吸をする。全身を小さな力が貫く。そのとき私たちは今日も生きてみようと内なる言葉で自らに語りかけている。覚悟とは常に、簡単明瞭な、だが強靱《きょうじん》な内語との邂逅なのではないだろうか。

11　別離ではない

本との出会いをめぐって、遠藤周作《えんどうしゅうさく》（一九二三〜一九九六）が興味深いエッセイを書いている。代表作『沈黙』を書く契機となった長崎訪問を、一冊の書物との邂逅になぞらえて彼は、次のように述べた。

小説家である私には、私なりに本にたいする妙な直感があって、最初の頁《ページ》や目次を見ただけで、この本がやがて自分にとって話しかけてくる本か、それとも一向に興味をひき起さぬ作品かが、大体わかるのである。そしてそうした予想を抱いて買った本を我が家に持ってかえり、あらためて読む時、今まで知らなかった世界、今まで知らなかったものが突然、眼の前にひろがってくる。

（『切支丹の里』）

理性と論理の眼から見れば、比喩の域を出ない表現だろうが、遠藤は本気で書いている。この著作だけでなく彼は、同質のことをしばしば語っている。頁を開かずとも「影響」される本はある。根拠は説明できないが、強いつながりを感じさせる書物は確かに存在する。

本との生活を好む者の書架には、それぞれの一等地がある。そこには、強く惹かれた本、あるいは衝撃を受けた本などが自《おの》ずと集まってくる。だが、そこに時折、遠藤が語っていたようなほとんど読んでいない本がまぎれ込んでくることがある。私の場合、上原專祿《うえはらせんろく》（一八九九〜一九七五）の『死者・生者』がそうした一冊だった。

初めて手にしたのは、たしか二十歳のころだったと思う。東京・早稲田の穴八幡《あなはちまん》神社で行われていた古書市で価格は五百円だった。金額まで覚えているのは買おうかどうかを迷ったからである。上原も名前を知っていただけで、彼の歴史学者としての業績も、この本が近代日本における死者論を語った先駆的な名著であることも、まったく知らなかった。のちにこの本が私に、何をもたらすかなど知る由《よし》もなかった。

上原專祿は、西洋史研究の泰斗であり、平和運動の理論的指導者である。一橋大学の学長を務めたこともある、昭和を代表する知識人の一人だ。晩年彼は、妻利子《としこ》を病で喪う。この出来事が彼の人生を一変させた。彼は、自分が経験したのは、妻との別離ではなく、死者との新しい邂逅だったと書いている。死者と生きる彼に、歴史は、不動の過去の事実ではなく、生ける実在となった。

苦難のなかで生き、語ることを奪われたまま死に、歴史の世界の住人となった人たちがいる。歴史家とは、そうした人々の沈黙の声に新たな生命の息吹を吹き込む役割を担う者の呼び名だと、彼は感じるようになった。

この本としっかり対峙したのは、上原と同様の別離を経験し、私の「死者」を近くに感じるようになってからである。それまで何度、手にしたか分からない。しかし、どうしても読み進めることができなかった。書物が接近を拒むようにすら感じた。だが、半身を奪われるような痛苦にあったとき、あれほど近づきがたかった本の姿が一変した。

家内の死において私が感じましたのは、「死」というものよりは、むしろ「死者」ということであった、と思います。（中略）つまり、生者であった者が死者になっていったその事実を、まだ生きている者がどう受けとめるのか、というのが私の感じたその問題なのでございます。

こうした説明を排した率直な告白は、絶望の淵にあった私にはむしろ、比類なき強靱な導きの光に感じられたのである。

12　語り得ない彫刻

高村光太郎《たかむらこうたろう》（一八八三〜一九五六）は、第二次世界大戦後、岩手・花巻《はなまき》の山に近い、人里離れた質素な家屋で一人暮らし始めた。建物は今も保存され「高村山荘」と呼ばれ、その近くには高村光太郎記念館が併設されている。

ある年の冬、この場所を訪れたことがある。その日も寒かったが、雪は降っていなかった。だが、真冬になるとこの辺りは、雪が深く降り積もる。高村の家には囲炉裏《いろり》があるほかは特段、暖をとるものはない。ここで彼は健康を害《そこな》うこともあった。だがそれも覚悟の上だっただろう。

花巻に暮らした理由には諸説ある。高村自身は明言していない。これまでは、大戦中、高村が日本を鼓舞する作品を書いたことに関連づけて理解されてきた。すべての理由をこのことに集約はできないだろうが、けっして無関係ではないだろう。だが、いわゆる戦争協力に還元できない何かがあることも、あの場に立つと、はっきりと感じられた。

当時、芸術界における高村の存在感は著しく大きかった。ここでの芸術とは文学に限定されない。彫刻をはじめとした美術の世界も包含する。画家梅原龍三郎《うめはらりゅうざぶろう》は高村の弔辞で、「たとえ一点の作品がなくても君は君の人格と生活の態度に因《よ》って高邁《こうまい》なる芸術家であった」と書いているが、ここに誇張はないのである。その分、七年間にわたる彼の自己幽閉の衝撃も大きかった。

世は高村を、近代日本を代表する詩人であると共に彫刻家であると言う。だが彼自身の認識は違った。彼は自らを絶対的に彫刻家だと考えていた。

しかし、山荘で暮らしていた間、高村は彫刻を一つも作っていない。厳密に言えば、彼がこの場所を離れたあと、従来の高村の作風とはまったく異なる、作品とも呼べないほど未完成な小さなうさぎの頭部を象《かたど》ったものが見つかっただけだ。もともと彫刻家として彼は、寡作だった。一方、花巻にいる間にも詩は書いている。しかし、自身が彫刻家であることの認識を失うことはなかった。

「私は何を措《お》いても彫刻家である。彫刻は私の血の中にある。私の彫刻がたとい善くても悪くても、私の宿命的な彫刻家である事には変りがない」（「自分と詩との関係」）と高村は書いている。また「彫刻を護《まも》るために詩を書いている」、彫刻の純粋を保つため、「彫刻を文学から独立せしめるために、詩を書くのである」とも述べる。

さらに同じ文章で彼は、自身を彫刻家だと考えるのは「この世を彫刻的に把握する」者だからだという。だが、この一文で高村は、「彫刻的」という表現が、何を指すかをほとんど語っていない。「彫刻的なるもの」と題する別な一文においてすら、明確なことは何も述べられていない。

もちろん高村は、自身の胸のうちにある「彫刻的」なるものが何であるかを強く感じている。だが、語ることができない。彼は、語りえないものを彫刻にしたのである。

「彫刻的」なことには言葉を濁した高村も、優れた彫刻とは何かを語るときは違った。それは「永遠に生命ある生物」であり、「生きた人間よりも生きているもの」(「彫刻鑑賞の第一歩」)だというのである。

同質のことは私たちの人生にもある。生きる意味と呼ぶべきものは容易に言葉にならない。だが、確かに存在する。むしろ、語り得ないからこそ強く在る、といえるのではないだろうか。

13　この世にいること

かけがえのない言葉は、誰にでもある。その言葉にふれると、想いが彼方の世界へと飛び立つような一語は、誰の胸にも潜んでいる。

作家の須賀《すが》敦子《あつこ》（一九二九〜一九九八）の場合は「霧」だった。処女作『ミラノ 霧の風景』のあとがきに彼女はこう書いている。

「いまは霧の向うの世界に行ってしまった友人たちに、この本を捧げる」。

書き手としての須賀敦子の原点は翻訳である。若き日から晩年まで彼女は、多くの時間を翻訳に費やした。ただ須賀の場合、翻訳といっても外国語を日本語に訳すだけではない。逆の場合も少なくなかった。ミラノで暮らすようになったころ彼女は、近代日本文学をイタリア語に翻訳する仕事に従事した。夏目《なつめ》漱石《そうせき》、森鷗《もりおう》外《がい》、芥川龍之介《あくたがわりゅうのすけ》、谷崎潤一郎《たにざきじゅんいちろう》、志賀《しが》直哉《なおや》、川端康成《かわばたやすなり》、太宰治《だざいおさむ》、三《み》島由紀夫《しまゆきお》らの作品が彼女によってイタリア語になっている。一方、帰国してからの須賀は、アントニオ・タブッキやウンベルト・サバなど現代イタリアを代表する文学者の紹介に情熱を注いだ。

サバ（一八八三〜一九五七）は、イタリア北東部の街トリエステで活動した詩人である。この詩人は須賀もさることながら、夫ペッピーノが深く愛した詩人だった。夫は、あまり身体が丈夫ではなかった。あるとき彼は体調を崩し、急逝してしまう。二人の結婚生活はわずか六年でしかなかった。夫を失った彼女にサバの詩は、静かに寄り添う同伴者になった。彼女が愛したサバの詩にはこんな作品がある。

石と霧のあいだで、ぼくは
休日を愉《たの》しむ。大聖堂の
広場に憩う。星の
かわりに夜ごと、ことばに灯がともる
人生ほど、
生きる疲れを癒《いや》してくれるものは、ない。

（須賀敦子『コルシア書店の仲間たち』より）

「石」は、この世である。サバは、生者の世界にいて、「霧」の向こうの世界を感じること、そのこと以上の人生の慰めがあるだろうかというのである。

伴侶を喪い、ほどないとき須賀は、イタリアで川端康成に会っている。彼女は生きる気力を失いかけていた。ふと、須賀が夫を亡くしたことに話が及ぶ。あまりの急逝で、聞きたかったことも伝えたかったことも無数にあって、どうしたらよいか分からなくなる、と彼女は内心を吐露する。すると、じっと黙って聞いていた川端は、「あの大きな目で一瞬」、須賀をにらみつけるように見つめたあと「ふいと視線をそらせ、まるで周囲の森にむかっていいきかせるように」して、こう語った。「それが小説なんだ。そこから小説がはじまるんです」（「小説のはじまるところ」）。

この言葉を聞いた当初、須賀は、なんて心ない人だろうと思った、と書いている。だが、のちに川端の一言は、彼女を救うことになる。先にみたように須賀にとって書くとは、「霧の向うの世界」にいる人々への手紙になっていったのだった。彼女の作品にはこんな一節もある。この一文を川端が読んだら何を感じただろう。

こまかい雨が吹きつける峠をあとにして、私たちはもういちど、バスにむかって山を駆け降りた。ふりかえると、霧の流れるむこうに石造りの小屋がぽつんと残されている。自分が死んだとき、こんな景色のなかにひとり立ってるかもしれない。ふと、そんな気がした。そこで待っていると、だれかが迎えに来てくれる。

（「霧のむこうに住みたい」）

病のため、一九九八年三月二十日に須賀は亡くなった。彼女が作家として実質的に活動できた期間は短く、晩年の七年あまりでしかない。しかし、霧の世界に行った彼女はそのことを悔いもせず、自分の願いは聞き入れられた、と歓喜の声をあげたかもしれない。

14　花の供養に

この数年来、春になると想い出す一文がある。むしろ、その言葉に心が領されるとき、春を感じる。石牟礼《いしむれ》道子《みちこ》の「花の文《ふみ》を――寄る辺なき魂の祈り」（「中央公論」二〇一三年一月号）である。

そこで石牟礼は、坂本きよ子という水俣病で亡くなった女性を語った。きよ子の母親から聞いた言葉として彼女は、次のように書いている。文中の「たまがって」は、驚いて、ということを意味する九州の方言だ。少し長いがそのまま引用したい。できれば、声に出して、ゆっくり読んで頂きたい。一度でなく二度、読んで頂きたい。

きよ子は手も足もよじれてきて、手足が縄のようによじれて、わが身を縛っておりましたが、見るのも辛うして。

それがあなた、死にました年でしたが、桜の花の散ります頃に。私がちょっと留守をしとりましたら、縁側に転げ出て、縁から落ちて、地面に這《は》うとりましたですよ。たまがって駆け寄りましたら、かなわん指で、桜の花びらば拾おうとしよりましたです。曲った指で地面ににじりつけて、肘《ひじ》から血ぃ出して、

「おかしゃん、はなば」ちゅうて、花びらば指すとですもんね。花もあなた、かわいそうに、地面ににじりつけられて。

何の恨みも言わじゃった嫁入り前の娘が、たった一枚の桜の花びらば拾うのが、望みでした。それであなたにお願いですが、文《ふみ》ば、チッソの方々に、書いて下さいませんか。いや、世間の方々に。桜の時期に、花びらば一枚、きよ子のかわりに、拾うてやっては下さいませんでしょうか。花の供養に。

強いられた病を背負ったきよ子は、ほとんど動くことができない。そんな彼女が、母親が少し家を空けたとき、何かに誘われるように舞い落ちる花びらに手を伸ばす。それだけではどうしても満足できず、地面を這《は》い、肘から血を流しながら、もうまっすぐ伸びなくなった指で花びらを拾おうとする。でも、できない。縁側から落ちてしまう。帰宅した母親が、そんな娘の姿を見て、驚き、駆け寄るときよ子は「おかあさん、花を……」といいながら、拾おうとしていた花びらを指さしたというのである。母親は石牟礼に、水俣病の原因となった有機水銀を排出した企業であるチッソに向けて、いや、世の人々に向けて、きよ子のような人間がいたことを告げる言葉を書いてくれないかと懇願する。

石牟礼は、きよ子を知らない。きよ子の母親に会い話を聞いたのである。石牟礼にとって書くとは、きよ子のような言葉を奪われた人々の口に、あるいは手になることだった。そうして生まれたのが『苦海浄土』だった。

私たちには『苦海浄土』を書くことなど到底できない。しかし、読むことはできる。私たちは、この作品を読むことを通じてでも、きよ子と彼女の母親の悲願に応えることができる。

読むことには、書くこととはまったく異なる意味がある。書かれた言葉はいつも、読まれることによってのみ、この世に生を受けるからだ。比喩ではない。読むことは言葉を生みだすことなのである。

また、母親は、花びらを一枚、きよ子のために拾ってほしい、それに勝る供養はないとも語った。後年、両親も「きよ子さんのあとを追って同じ水俣病で亡くなられた」、と石牟礼は書いている。

たとえ『苦海浄土』を読まないとしても私たちは、桜が咲く春に、花びら一枚を拾い、きよ子とその家族を想うことは、できるのではないだろうか。

15 信頼のまなざし

十二年間の会社勤めで、もっとも重要な出来事は降格である。昇格ではなかった。大切なものの多くは、降格を機に経験した。最初に就いた仕事は営業職だった。しかし、車が運転できない。免許はもっているが向かないのである。このことを理由に批判されるのがいやで、とにかく成果を挙げようと心に決めた。

七年目には最優秀営業マンとして表彰されていた。翌年には、本社勤務になって全社に関係する営業企画を立案する業務を担《にな》うことになった。

必死だった。二年半ほどの間にすべての都道府県に行った。多くの人の協力を得ることができて、振り返ると担当していた介護用品の売り上げが倍増していた。

こうした仕事を見てくれている人がいて、三十歳のとき新会社の社長になった。一人も部下をもったことのない人間が、新規事業の立ち上げとその経営を任されたのである。これ以上のスピードはないという昇格だった。

だが、うまく行くはずがない。

無知なだけでなく傲慢だったから、誰も力を貸してくれない。幾つも大きな失敗をして、会社が倒れる前に職務を解かれた。人も驚くような降格だった。給与も大幅に減って、社長になる前よりも低い金額になった。何よりも苛酷《かこく》だったのは周囲の信頼を一気に失ったことだった。

できそうもないことを口にして、事実できなかったのだから、誰も信頼を置かなくなるのは当然だった。「成功」という幻想に迷い込んでいるとき人は、自分がどれほど高慢な態度でいるかを知らない。

突然、自らがため込んだ負の遺産を一気に背負わされるような日々が始まった。突き刺さるような視線を感じることも少なくなかった。確かに人は、無言なままでも他者を傷つけることができる。

しかし、逆のこともあって、まなざし一つで救われることもある。私の場合もそうだった。ただ、自分のことだけで手いっぱいのときには、そうしたまなざしになかなか気が付くことができない。イギリスの作家チャールズ・ディケンズ（一八一二～一八七〇）の『クリスマス・キャロル』にはこんな一節がある。

ご主人には、わたしたちを幸福にも不幸にもするだけの力があるんです。ご主人のやり方しだいで、わたしたちの仕事は、軽くもなり、重荷にもなります。楽しみにもなれば、苦しみにもなるんです。ご主人のその力は、言葉とか顔つきといった、一つ一つはささいなことにあるのであって、数え上げて合計を出そうったって、できやしません。だけど、どうです？　それによって与えられる幸せは、一財産を積んだって買えないくらい大きいんですからね。

（脇明子訳）

この作品は、金の亡者である主人公が、クリスマスを機に内なる善に目覚め、新生する物語だ。彼は、すっかり忘れていた、かつての雇い主から受けた温情を想い出し、先のように語ったのだった。

失ってみて初めて分かったことだが、信頼は、生きることの基盤をなしている。自己への信頼も、他者との信頼の間に育まれる。心を開いてくれる他者と出会えたとき人は、他者との間だけではなく、自己との新しい関係をも結ぶことができるのはそのためだ。

心を開くとは、他者に迎合することではない。そうしてしまうと相手だけでなく、自己からもどんどん遠ざかってしまう。むしろ、心を開くとは、自らの非力を受け入れ、露呈しつつ、しかし変貌を切望することではないだろうか。

変貌の経験とは、自分を捨てることではない。自分でも気が付かなかった未知なる可能性の開花を目撃することである。

16　君ぞかなしき

四季のうつろいを、日本人がこれほど愛《いと》しく感じるようになったのは『古今和歌集』の出現以降だという説がある。この和歌集は、序を別にして二十の巻からなっていて、最初の巻は「春歌」、そして「夏歌」「秋歌」「冬歌」と続く。

四季折々に起こる出来事を、三十一文字の和歌に詠《よ》む。そうすることで歌人たちは、過ぎゆく時間のなかで起きる二度と還《かえ》らない出来事を、過ぎゆかない永遠の世界に刻み込もうとした。

この和歌集の巻第十六は「哀傷歌」と題され、避けがたい別離に際して詠《うた》われた歌が集められている。そのはじめには、次のような歌がある。

泣く涙雨と降らなむ渡り川
水まさりなば帰りくるがに

泣く涙が雨のようになって三途《さんず》の川に降り注ぎ、水かさが増す。亡くなった者がそこを渡れなくなり、ふたたびこちらの世界に帰ってくればよいのに、というのである。

もう一首、涙を詠んだ、こんな歌もある。

血の涙落ちてぞたぎつ白川《しらかわ》は
君が世までの名にこそありけれ

血の涙がこぼれ落ち、川が「たぎつ」、沸き立ち流れる。ここでの「川」は、三途の川で、白川は、その異名である。もともとは、白き川だったかもしれない。しかし、自分の血涙《けつるい》が流れ、真っ赤に染まったからにはもう、白川と呼ぶことはできないだろうというのである。

血の涙とは何とも烈《はげ》しい表現だが、「血」には多様な意味がある。見なれない表現だが「泣血《きゅうけつ》」という言葉がある。白川静《しらかわしずか》によるとこの言葉も、悲しみのあまり血の涙が出ることを指すのだが、同時に声に出さずに泣くことを意味する。「血」は、目に強く訴える表現であるとともに、けっして目には見えない心情を示す言葉でもある。先の歌でも血の涙が伝うのは頰ではない。私たちの心である。

こうした秀歌を詠むことは容易ではない。でも、それらを読むことはできる。奇妙に聞こえるかもしれないが、和歌を「読む」とはそのまま、和歌を「詠む」ことなのである。

和歌は、詠まれることによって誕生する。だが、それが生き続けることができるのは無数の人間に読まれることによってなのである。読む者が消え去っていたなら、万葉集も古今集も今日まで残りはしなかっただろう。

忙しい現代人には、平安時代に編まれた和歌集を読むことは難しいかもしれない。だが、歌に関する知識がなくても、古語を十分に理解することができなくても、頭で読むのを止めれば私たちは、千百年の時の流れを超え、古《いにしえ》の風を感じることができる。彼方の世界に友を見出すことができる。

さらに「哀傷歌」の巻を読むと「よみ人しらず」のこんな和歌に出会う。

声をだに聞かで別るる魂《たま》よりも
亡き床に寝《ね》む君ぞかなしき

夫が仕事で遠くにあるときのことだった。妻は病に襲われ亡くなろうとしている。そんなときに詠まれた歌だ。彼女は、遠く離れた夫にむかって、あなたの声を聞くことができずに逝こうとしている私よりも、私が逝ったあと、夜、独り寝るあなたの悲しみの方がよほど耐え難いだろう、というのである。

先に見たように、かつて「かなし」という言葉は、「悲し」「哀し」だけでなく、「愛し」と書くこともあった。先立つ者は、残された者の生を思い、「かなしむ」。それは、単なる悲嘆の表現ではなく、尽きることのない情愛の吐露でもあった。

また、古人は「美し」と記されたときも「かなし」と読んだ。悲しみの奥にある真の美を、古人は見過ごすことはなかったのである。古今集の「仮名序」には和歌の力に言及した、こんな一節がある。

力をも入れずして、天地《あめつち》を動かし、目に見えぬ鬼神《きしん》をもあはれと思はせ、男女の仲をもやはらげ、たけき武士《もののふ》の心をもなぐさむるは歌なり。

歌は、天地を震わせ、心をつなぐ。「鬼神」とは、神々を意味する言葉であるだけでなく、異界の人となった死者たちをも指す表現だった。

かつて歌は、この世だけでなく、死者の心にも届くと信じられた。古の人にとって歌を詠むとは、自らの心の深みにふれようとする行いであると共に、もう一つの世界をかいま見ようとする悲願の営みでもあったのである。

17 模写などできない

ヨハネス・イッテン（一八八八〜一九六七）というスイスの画家がいる。創作家としても傑出していたが、独自の色彩論を構築した理論家でもあった。また優れた教育者でもあり、二十世紀初頭ドイツにあった総合芸術学校バウハウスで教鞭《きょうべん》をとり、中核的人物として活躍した。

ある授業で生徒たちに模写を教えようとしていたときのことだった。彼は、生徒の前に十六世紀ドイツの画家、グリューネヴァルトの描いた「嘆きのマグダラのマリア」の図像を置いた。

マグダラのマリアは、イエスの十二人の弟子には数えられない。だが、彼らよりもずっと師の近くにいた。男の弟子たちはイエスが捕らえられると、自らも断罪されることを恐れ、クモの子を散らすように逃げたが、彼女は違った。イエスが正当な裁きを受けることなく十字架に磔《はりつけ》になって死んだとき、イエスの母マリアと共に、その死にゆく姿を目にしていたと「ヨハネによる福音書」は伝えている。

グリューネヴァルトの絵は、磔にされ、手と足に太い釘《くぎ》を打たれたイエスの姿と、その横に跪《ひざまず》きながら、悲しみ、うめく彼女の姿を生々しく描き出している。

この絵を写すようにとイッテンは言う。すると学生たちは、すかさず絵筆をとる。その姿を見たイッテンは、次のように語ったのだった。

すぐに模写を始める前に、やることがあるでしょう。まずこの絵を見て、涙を流して、とても模写などできない、というのでなければ、芸術家とはいえない

表されているのは、悲嘆する女性の像ではなく、悲しみそのものである。悲しみは目には映らない。しかし、心でなら受け止めることができる。なぜ、心で描こうとしないのかというのである。

十年ほど前、この話を高橋巖《たかはしいわお》氏の『ディオニュソスの美学』（春

秋社）で読んだ。私は絵を画《か》かないが、以来、読む、あるいは書くことの態度が一変した。

読むとは、記された文字を解釈することではなく、文字を通じて、その奥にある意味の深みを感じる営みになった。書くとは、未知の他者にコトバを届けることになった。言語とは、コトバの一つの姿に過ぎないと感じるようになった。

哲学者の井筒俊彦《いづつとしひこ》（一九一四〜一九九三）は晩年、「言葉」とだけでなく「コトバ」と記すようになった。コトバと書くことによって彼は、文字の彼方に息づいている豊饒《ほうじょう》な意味のうごめきを浮かび上がらせようとした。井筒が考えるコトバには無数の姿がある。画家にとっては色と線が、音楽家には旋律が、彫刻家には形が、宗教者には沈黙がもっとも雄弁なコトバになる。苦しむ友人のそばで黙って寄り添う、こうした沈黙の行為もまた、コトバである。

『荘子』には「地籟《ちらい》」「天籟」という表現が出てくる。「籟」は、ひびきを意味する。天地の場合、ひびきがコトバになるというのである。「天籟」にふれ、井筒は、こう書いている。

人間の耳にこそ聞えないけれども、ある不思議な声が、声ならざる声、音なき声が、虚空を吹き渡り、宇宙を貫流している。この宇宙的声、あるいは宇宙的コトバのエネルギーは、確かに生き生きと躍動してそこにあるのに、それが人間の耳には聞えない

（「言語哲学としての真言」）

ひびきという無音の「声」は、耳には聞こえない。だが胸には届く。胸が痛む、あるいは胸が張り裂ける、と私たちはいう。あるいは心の琴線にふれる、ともいう。

コトバが心に届くとき、人は何かに抱きしめられたように感じ

る。誰の人生にも幾度かは必ず、こうした出来事が訪れる。そしてその感触は忘れられることはあっても、生涯消えることはないのである。

18　孤独をつかむ

孤独とは、単に他者から疎外された状態をいうのではない。私たちは人のなかにあるときにいっそう、孤独を感じることがある。むしろ、微笑《ほほえ》みを浮かべて話しているときに孤独であるという思いが胸を貫くこともある。

孤立は関係のもつれの結果だが、孤独は人間であることの宿命なのかもしれない。孤立から私たちを解き放つのは、他者と対話しようとする努力である。だが、問題が孤独の場合、対話の相手は自己になる。

「自分は時として、自分の孤独に淋しさを感ずる事がある。他の個性と自分の性格との差別を底から意識する事によって自分は或る淋しさをほんとに味う事がある」（「自分の行く道　その他雑感」）と画家の岸田劉生《きしだりゅうせい》（一八九一～一九二九）は書いている。岸田は「麗子微笑」をはじめとした麗子像の連作で知られる、近代日本を代表する画家だが同時に、秀逸な文章の書き手でもあった。

記されたのは画論だけではない。彼の言葉を通じて浮かび上がるのは、画家というよりも、美の形而上学者と呼ぶべき思索者の姿だ。孤独にふれ岸田は、さらにこう述べている。

しかし、自分はこの自分の孤独を感ずる事の外《ほか》に、自分の生存を感ずる事の出来ないものである。そうして、自分の生存と意志に権威と祝福とを感ずるのである。人間は孤独を摑《つか》んでからでなければ真の生活を創《はじ》め得ない事を自分は真に感ずるものである。

人生には、孤独を生きてみなければどうしても知り得ないことがある。孤独を感じるとき、もっとも近くに自己を感じる。ここで述べられている人生の秘密との遭遇は、私が、「私」になる道程に欠くことができない。さらに、人が真に他者と出会うのも孤独を生きる道程においてだというのである。

孤独の経験は、私たちを孤立させるのではない。むしろ、他者と結びつく契機となる。それはいつしか、私たちを人類という場に導くことがある。

「孤独とは、人類としての自分と自然との意志の調和を本当に感じる事である。自然が人類として自分を生んだという真正の自覚が孤独である。少くとも人間は孤独になるのほか本統《ほんとう》に自然を見る事は出来ない。本統に人類に交渉する事は出来ない」と岸田はいう。ここでの人類とは無限に広がる複数の人間よりも、人間であることの、時空を超えたつながりを指す。人類には亡き者たちも含まれる。私の孤独は、人類の孤独でもある。

大切な人を喪った者を最初に襲うのは悲しみではなく、孤独である。だが、逝きし者をめぐる孤独は、不在の経験ではない。それは、ふれ得ないことへの嘆きである。悲しいのは、愛するものが存在しないからではなくて、手が届かないところにいるからだ。

だが、遠いところにいるからこそ、その存在を強く感じる。姿が見えないから、一層近くにその人を強く認識することはある。この不思議な事象を喚起する働きを人は、永く、情愛と呼んできた。

孤独はときに、情愛の発露となる。人は、孤独を生きることによってはじめて、自らの内部に、それまで感じ得なかった愛惜の炎を見出すことがある。

「自分は自分の孤独に祝福と感謝を感じている。そうして、自分が孤独によって、味う淋しさにも自分は力を感じ祝福を感じている」とも岸田は書いている。

孤独は、悲嘆に始まる経験であると同時に、それは生きる力をもたらし、深みから私たちの人生を祝福するというのである。

19 書けない履歴書

情報はしばしば、現実から私たちを遠ざける。多くを知ったからこそ、見えなくなることがある。むしろ、私たちの日常生活はこうした情報と現実の相克のなかに存在している。

難しいことではない。知る側ではなく、自分が知られる側に立ったとき、情報による認識がいかに不完全であり、危険であるかを、まざまざと感じることになる。

どんな人間であるかを示さなくてはならなくて、履歴書の提出を求められる。紙面には、あらかじめ定められた項目があって、ひたすらにそれらに答える。言葉に書き得る情報で、私たちは自分を語ることを強いられる。

入試あるいは入社試験などでは、面接官がそれに文字通り目を通して、いくつも質問をしてくる。そうした応答がしばらくあって、「分かりました、本日は、ありがとうございました」と紋切り型の言葉が発せられる。

こうしたとき、私たちの中では静かに、しかし、確かに燃え上がるような勢いで、ある想いが生まれる。「違う、あなたは分かってなどいない。そこに記されている事実は確かに私についてのことだが、それは何も私を語っていない。そこに私の本当の姿はない」、と内なる声がする。

振り返ってみれば、履歴書を書き進めているうちに私たちは、どの項目にも書き得ない出来事こそが人生を決定してきたことに気が付いていたはずだ。しかし、世の中ではそんな理屈は通用しない、そう思い込み、同様の行為を何度も繰り返しているうちに、いつの間にか履歴書という枠のなかで自身を理解し始めてしまう。

これまで数えきれないほどのビジネスマンと仕事をしてきた。

世に言う優秀な人々とも少なからず会った。だが、そうした人々の中には、長く一緒に仕事をしたいと感じさせる人は少なかった。

仕事は人生の一部である。現代は、この素朴な事実を今一度想い出さなくてはならない。人生においては、何を成し遂げたかが問われる以前に、どう歩いたかが問われる。また、仕事には、金銭を手にいれる手段とするに終わらない何かが潜んでいる。むしろ、その何かが「仕事」なのである。

これまで会った優秀だと言われる人々の多くは確かに、すでに表現されていることをめぐる考察には長《た》けているが、語り得ないことにはほとんど無関心だった。どんな仕事であってもその底を支えているのは容易に語り得ない何かなのである。悲しみの経験もその一つだ。
悲しみのパンを食べたことのない人に人生の真実は分らない、そう書いた人がいる。

悲しみのなかにそのパンを食したることなき人は、
真夜中を泣きつつ過ごし、
早く朝になれと待ちわびたることなき人は、
ああ汝《なんじ》天界の神々よ、この人はいまだ汝を知らざるなり。

原文はゲーテの『ヴィルヘルム・マイスターの修業時代』にある。だが、この訳文は若き鈴木《すずき》大拙《だいせつ》（一八七〇〜一九六六）の代表作『禅の第一義』から引いた。訳文が実によい。大拙はのちに「禅」を世界に広める仏教学者になる。彼にとって「禅」は、最初から仏教の宗派の名称ではなく、人生の真実にふれようとする悲願を意味した。その真摯《しんし》な試みの一例として彼は、先の一節を引いたのだ。

履歴書を書くとは、そこに書き得ないことを想い起こす営みだといってよい。語り得ない人生の出来事の存在に気が付くことの方が、自分が何者であるかをうまく表現するよりも、人生においては、よほど大切なのではないだろうか。

20
一対一

もう四半世紀以上前のことだが、複数の人々と共に、深層心理学者の河合《かわい》隼雄《はやお》（一九二八〜二〇〇七）と食事する機会があった。会合の開始寸前に到着したら、円形のテーブルで空いていたのは彼の右隣りの席だけだった。当時私は大学生で、河合隼雄が横にすわって話している現実を受け止めることで精いっぱいだった。だが、振り返ってみると、頭が働かなかった分、かえって、このときの経験は全身に沁《し》み込んでいるようにも思う。

河合隼雄というと、笑顔を想起する人も多いのではないだろうか。本などでよく使われる写真の多くも笑っている姿が多い。確かに河合はよく微笑んでいる。また、ふとしたことをとらえて周囲の人にも笑顔をもたらす。先の食事のときもそうだった。最初は皆、緊張していたが、会食が始まると和やかで愉快な雰囲気に満たされた。

ある話題でみんなが声高く笑った。そのときふと河合の顔を見た。顔は笑っていても、眼は、けっして笑っていなかった。あの瞬間を忘れることができない。彼は人々の笑顔の奥に何かを見ているようだった。

もともとは数学の教師だった河合が、心理学を学び、ユングの思想に出会い、深層心理学者となっていく。これは彼の個人史上の事件でもあるが、近代日本精神史上の分水嶺《ぶんすいれい》となる出来事でもあった。このとき日本の心理学は、意識の学から魂の学へと深化した。彼は、意識の奥に「たましい」と呼ぶべき何かがある、としばしば語る。それは、狭義の学問としての深層心理学だけでは、辿りつくことができない場所である、とも述べている。他の分野との架橋において河合ほど積極的だった人物はめずらしい。

彼は治療者、研究者として出発し、ついに一個の思想家となっていった。

「たましい」の働きにふれ、彼は、次のように書いている。

人間関係を個人的な水準のみではなく、非個人的な水準にまでひろげて持つようになると、その底に流れている感情は、感情とさえ呼べないものではありますが、「かなしみ」というのが適切と感じられます。もっとも、日本語の古語では「かなし」に「いとしい」という意味があり、そのような感情も混じったものと言うべきでしょう。

（『ユング心理学と仏教』）

同じ著作で彼は、「かなしみ」は、悲嘆に人間をしばりつけるのではなく、かえって、それまで感じることのできなかった、隠れた喜びや愉《たの》しみを見出すためのかけがえのない契機になるとも語った。

ここでの「非個人的」とは、個人の心情の否定ではない。むしろ、語られているのは個人の重要性だ。個の経験を深めることこそが、他者とふれあう場所へと私たちを導くというのである。「かなしみ」が人間の心をつなぐ。それが、河合の確信だった。

先にふれた食事の席上の会話で印象深かったのは、カウンセラー、あるいは河合がいう「治療者」の態度をめぐって彼が話をしたときのことだった。

治療者は、クライエント（心理療法を受ける人）と一対一で会う。眼前にいる人は、日常生活のなかで、ある試練に直面している。現代社会には同様の日々を送っている人物は少なくない。この人物もそのうちの一人だと考えることもできる。しかし、自分にはそう思えない。どのクライエントに向き合うときも、必死に今を生き抜こうとする人類の代表者として会う、そう彼は語ったのである。

21　詩は魂の歌

ふと口走ったとき、それを聞いた人から、まるで詩人だね、とからかうように言われたことはないだろうか。

意図して警句を語ったわけでも、奇をてらい、注目を集めたかったわけでもない。だが、ほとばしるように出た言葉は、確かに自分で聞いても何か心を打つものだった、そんな経験は一度ならずあるのではないだろうか。

まったく恥ずかしく思う必要はない。誰の心にも詩人は棲《す》んでいるからだ。

詩は、詩人の心にだけ宿るのではない。そうでなければ、国民詩人などという表現は生まれなかっただろうし、私たちが千数百年の差異を問題にせず、『万葉集』をはじめとした和歌集を手にすることもないだろう。

紙に詩を書かない詩人はいる。むしろ世界は、そうした詩人にあふれている。また、詩は、市井《しせい》にいる隠れた詩人によって読まれることで、この世で命をつないでいる。詩は、書かれたときに誕生するのではない。未知の他者に読まれることによって、本当の意味での詩となるのである。

一篇の詩を読む。そのとき私たちは、詩人の想いを読みとろうとする。しかし作品が優れていればいるほど詩は、私たちに、詩人の告白だけではなく、自身の心中にあって、容易に言葉になろうとしない何かを探せと促す。未知の他者の言葉によって、自己の内心の奥深く潜むものを知ることがある。ほとんど本能的に、読者は、自分よりも自分に近い言葉を詩のなかに見出そうとする。

近代日本を代表する詩人のひとり室生《むろう》犀星《さいせい》が、弟子と呼んでよい関係にあった堀辰雄《ほりたつお》（一九〇四〜一九五三）を回顧する一文で、この作家のなかで生き続けた詩情をめぐって次のように書いている。

堀は詩人のいちばんすぐれたものを沢山に持ちながら、詩といったら四十八年の生涯にほんの四五篇しか書いていません、書かずに持っていた詩はことごとく小説の中につぎこまれ、小説に書きこんでしまったような作家であります、書きこんでしまったということは、詩になるようなもの、詩のなかのお

もだった幾行かが、いつの間にか小説の中にとけこんでいったということであります

（「詩人・堀辰雄」）

詩が溶《と》け込むのは、小説のなかばかりではない。私たちの日常の営みのあらゆるところに溶け込む。そうでなければ、どうして詩によって深く慰められるということが起こるだろう。詩を受け止めるのは、読み手の内なる詩情である。詩の言葉に動かされるのは、私たちの心の中にも別な姿をした詩情が生きているからだ。

詩は魂の歌である。詩を読みながら私たちは、自分のなかに言葉になり得ない想いがあることをはっきりと認識する。また詩は、生者と生者だけでなく、生者と逝った者との間をも取り結ぶ。私たちはときに、詩を通じて、沈黙のうちに彼らと交わることができる。語り合うこともできる。

「詩」(『驢馬』第十号)と題する作品に堀はこう謳《うた》った。

風のなかを
僕は歩いてゐた

風は手袋の毛をむしり
風は皮膚にしみこむ

その皮膚の下には
骨のヴァイオリンがあるといふのに
風が不意にそれを
鳴らしはせぬか

関東大震災のとき堀は、母を喪う。二人は川に逃げた。堀は偶然助けられたが、母親は溺れたのだった。

風が通り過ぎるとき、骨に刻まれた悲愛の心情は歌となり、空に向けられた祈りになる。意識に上らないことがあったとしても身体は、悲しみをけっして忘れないというのである。

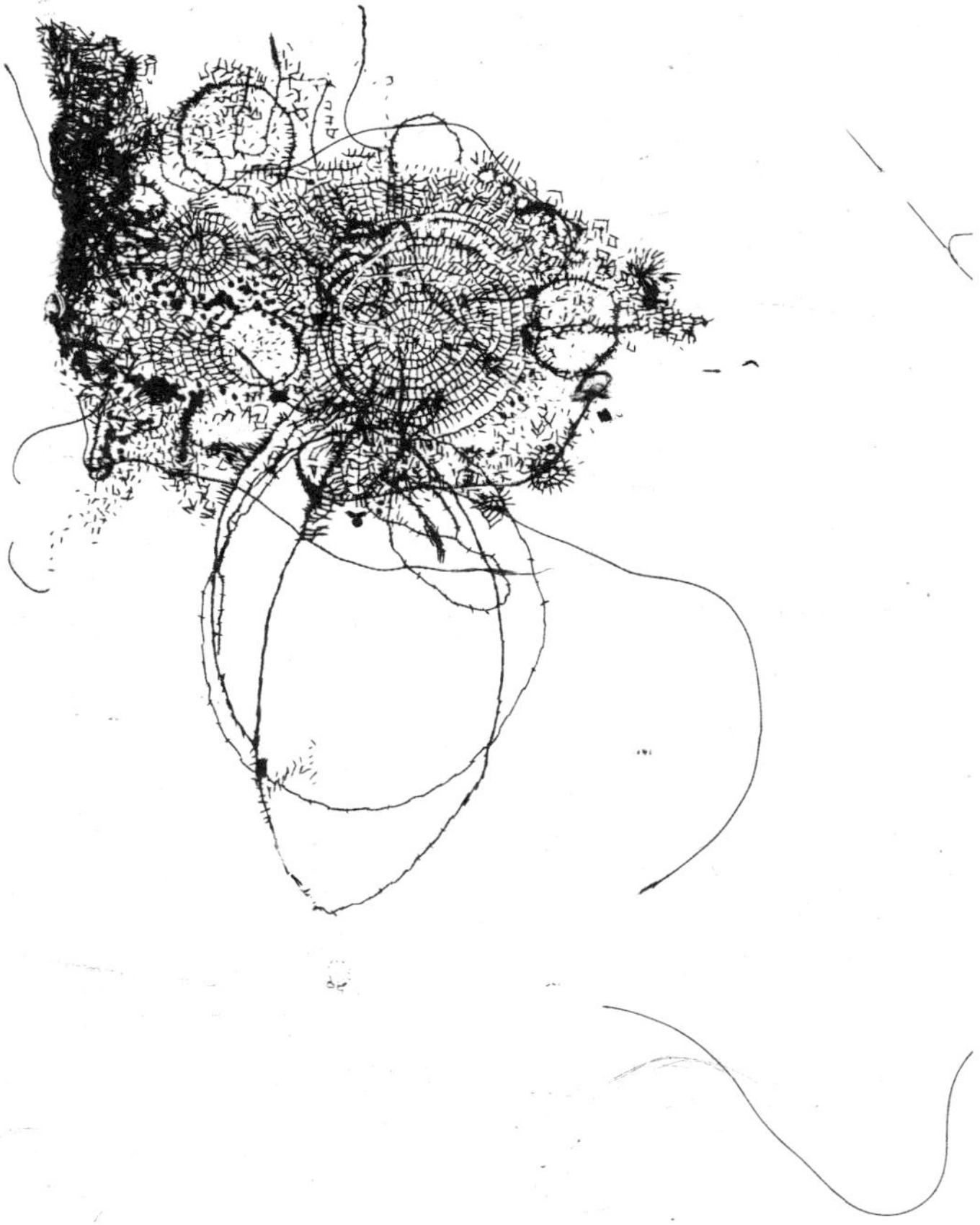

22 悲しい花

誰かを愛《いつく》しむことは、いつも悲しみを育むことになる。なぜなら、そう思う相手を喪うことが、たえがたいほどの悲痛の経験になるからだ。宿った情感が豊かで、また、相手を深く思えば思うほど、訪れる悲しみも深くなる。

生きるものすべては滅び、
会うはこれ別れの初め。
見ずやかの無常の嵐、
おののく花を地上へ誘う。

（木下順二訳）

「白狐 The White Fox」と題する、岡倉天心《おかくらてんしん》（一八六三〜一九一三）が英語で書いた戯曲にある一節である。生まれるとは、滅びに向かって進むことであり、出会いは別れの始まりだというのである。「無常の嵐」とは、非情なまでに吹き荒れ、けっして逃れることのできない運命の訪れである。風は何も語らない。しかし、大切な人と自分との間を引き裂いてゆく。

ここまではよい。だが、もしかしたら、「おののく花を地上へ誘う」という表現は、少し唐突に感じられるかもしれない。一九一三年三月、亡くなる半年前に天心は、この作品をひとりの女性に向けて書いた。送ったのは、イザベラ・スチュワート・ガードナーという資産家の女性で、彼女は天心の異能をいち早く認め、その活動を支援した。「白狐」の原稿は今も、ボストンにある、彼女の名前を冠した美術館に保管されている。

発表を意図していなかったわけではないが、この作品は、詩劇の形で心情を告白する、天心が彼女に送った書簡だとも言える。作品の存在が広く知られたのが天心の没後であることを考え合せると、彼の遺言のようにも読めてくる。

「花」は、天心の思想を読み解く鍵となる言葉だ。「白狐」を受け取った女性は、この一語にどんな意味が秘められているかを知っていた。

同じく英文で書かれ、彼の著作中、もっともよく読まれた『茶の本』では、花をめぐって次のように記されている。

花が色あせると宗匠はねんごろにそれを川に流し、または丁寧に地中に埋める。その霊を弔って墓碑を建てる事さえもある。花道の生まれたのは十五世紀で、茶の湯の起こったのと同時らしく思われる。わが国の伝説によると、始めて花を生けたのは昔の仏教徒であると言う。彼らは生物に対する限りなき心

やりのあまり、暴風に散らされた花を集めて、それを水おけに入れた

（村岡博訳）

『茶の本』はかつて、「茶の書」と訳されていたことがあるが、むしろ、「花の書」と題されてもよいほど、天心は、深い情愛をもって、幾度となく「花」を語っている。

ここでの「花」は、世にある無数の花々のことを指しているのではない。世界に唯一つの、歴史が始まって以来たった一つの、

愛する「花」である。それは存在しているが何も語らない。だが、声にならない声で、見る者の心に呼びかけてくる。

色あせた花は、川に浮かべられ、いつか海へと運ばれる。それは天上へ上っていき、雨となって降りそそぎ、大地を潤す。また、地中に埋められた花は、悠久の歴史の力を借り、不滅の存在となって世界を支える。それは、天心が感じていた、死を経たあとで人間のいのちが新生する様相でもあった。

愛する気持ちを胸に宿したとき、私たちが手にしているのは悲しみの種子である。その種には日々、情愛という水が注がれ、ついに美しい花が咲く。

悲しみの花は、けっして枯れない。それを潤すのは私たちの心を流れる涙だからだ。生きるとは、自らの心のなかに一輪の悲しみの花を育てることなのかもしれない。

23 彼女

余命が限られていると分かっていても彼女は、そのことを周囲に伝えるのを強く拒んだ。話を聞いた人が、自分のことで心配するのがいやだったのである。そこには夫の家族ばかりか、自分の両親もふくまれていた。関係が悪かったのではない。親友も死まで彼女の闘病を知らなかった。

だが容体が悪化し、腹水がたまり始め、夫ひとりでは十分な介護ができなくなる。隠し通すことができなくなって彼女は、自分がガンであることを両親に伝えた。以後、夫ともども彼女の実家で暮らすことになった。亡くなる五ヶ月ほど前のことである。

腹水だけでなく、胸にも水がたまり、呼吸すら困難になるときもあった。激しい苦痛がともなっているのは明らかだった。しかし、彼女は苦しみを訴えない。夫は「何でも言っていいんだよ。苦しいときはそう言ってね」と話した。すると彼女は、しばらくだまってこう言った。

「ありがとう。でもいいの。私が感じていることをそのまま口にしたら、聞いたあなたはきっと、耐えられないと思うから」

亡くなる日のことだった。急に胸水の勢いが増して呼吸が細くなり、救急病院に搬送された。医師は応急処置をし、夫に状況は極めて深刻だと伝えた。彼女と夫が用意された個室に入ると彼女の母親が来ていた。このとき、ほとんど口をきけない彼女が母に言ったのは、疲れるといけないから今日は家に戻って、明日、また来てほしいということだった。「明日」は来なかった。彼女は、自分の最期を母親に見せまいとしたのである。

二人きりになると彼女は、酸素マスク越しに夫にむかって、「ごめんね。少し疲れちゃった」と言った。亡くなったのは、彼女の母親が病室を出て、三時間も経過していないときのことだった。

夫は、まず妻の両親に連絡をし、自分の家族にもはじめて、妻の闘病と死を伝えた。翌日に密葬と決まった。彼女は実家に運ばれ、その晩、夫は妻の横で寝た。幾度か顔をさわってみたが、つめたく動かない。当然ながら話しかけても応答はない。なぜか涙は出なかった。

密葬には夫の家族も参列した。夫の母親は棺の縁をつかみ、「どうして、あなたそこにいるの」とむせび泣いた。その声を聞いたとき夫は、本当に妻がいなくなったのだと、初めてのように思う。このとき、わずかに残っていた理性がほころんでいたら夫は、葬儀の進行を妨げるほどに慟哭《どうこく》したかもしれない。

精神科医だった神谷美恵子（一九一四～一九七九）の『生きがいについて』にはしばしば、愛する者を喪った若い女性の手記が引かれる。だが、手記を書いた女性とは、患者のひとりではなく、突然恋人を喪った若き日の神谷自身だったのである。

ガラガラガラ。突然おそろしい音を立てて大地は足もとからくずれ落ち、重い空がその中にめりこんだ。私は思わず両手で顔を覆い、道のまん中にへたへたとしゃがみこんだ。底知れぬ闇の中に無限に転落して行く。彼は逝き、それとともに私も今まで生きて来たこの生命を失った。

愛する人を喪っただけではない。彼とともに生きてきた日々すらも、何ものかに奪われたように感じられ、生きて行く意味も見えなくなってしまったというのである。だが、神谷は同書で、イギリスの詩人テニスン（一八〇九～一八九二）の次のような一節も引いている。

愛し、そして喪ったということは、いちども愛したことがないよりも、よいことなのだ。

（神谷美恵子訳）

本当なのだろう。今はこの詩人の呻きもよく分かる。

これまで書いてきた「彼女」とは、五年前に逝った私の妻である。

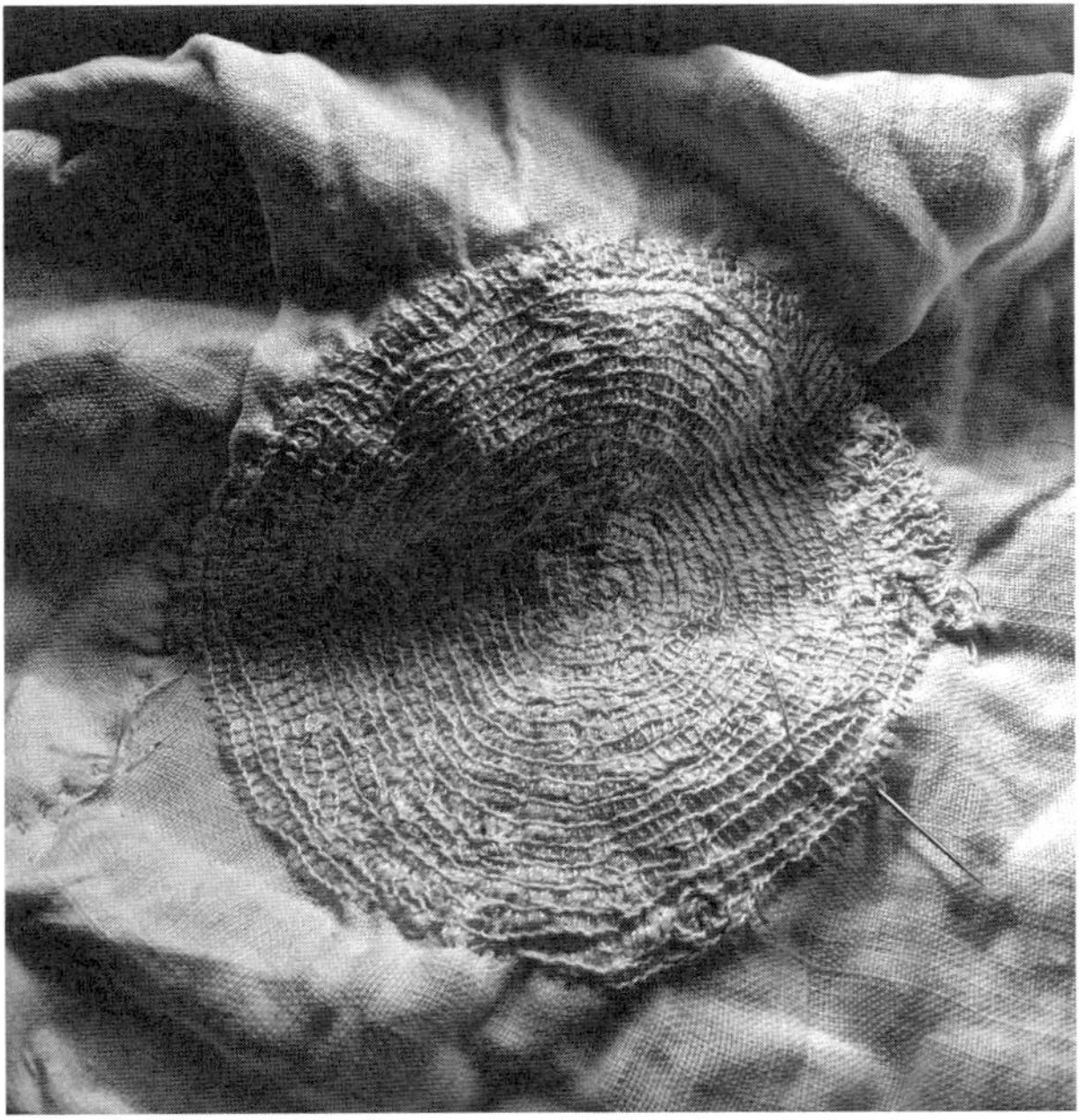

24　色なき色

『新古今和歌集』のある場所を開くと、「秋の夕暮れ」を詠んだ二つの秀歌が並んでいるのに遭遇する。一つ目は、西行《さいぎょう》の歌。もう一つは、藤原定家《ふじわらのていか》が詠んだ次の一首である。

心なき身にもあはれは知られけり
鴫《しぎ》立つ沢の秋の夕暮れ

見渡せば花も紅葉もなかりけり
浦の苫屋《とまや》の秋の夕暮れ

「心なき」は、「あはれ」を解さない心のあり様を意味する、と学校では教わった。また「花も紅葉もなかりけり浦の苫屋」も、桜の花も紅葉もない、海辺の小屋があるだけだと訳す、と習った。古語辞典や現代語訳を見ても確かにそう書いてある。だが、こうして直訳されたところに終始するのであれば、人は長く、これらの歌を愛し続けることはなかっただろう。

「心なき」とは、心の奥の「心」、無心を表現する言葉である。私の心は何も感じなかったとしても、その奥に潜むもう一つの心はいつも世界の無音の声を聞いている。無心とは、心が無くなってしまったことを指すのではない。私心が、極限まで無化された状態にほかならない。それは同時に、創造の力にあふれた「無」の世界でもある。

優れた詩の言葉はいつも、無心の世界を通じて顕《あら》われる。詩は必ずしも詩人の言葉であるとは限らない。詩人ではない者も思わぬとき、日常生活のなかで、詩の言葉を口にすることがある。詩を感じるとき、人は、いつも無心を生きている。詩とは、無心のうごめきの顕われにほかならない。

「花も紅葉もなかりけり」、花も紅葉もない、そう詠まれた言葉にふれるとき、私たちの心には、かえって花も紅葉も、色あざやかに浮かび上がってくる。それは、生きている希望などない、と叫んだ瞬間、かえって生の意味を、はっきりと感じるのに似ている。意識では絶望を感じていても無心は、わずかに射し込む光を見逃さない。

詠《うた》われた「花」や「紅葉」は、鮮烈な色をともなって、それを読む者の心に生まれ出る。こうした出来事は、色と世界の関係に改めて気付かせてくれる。

世界は色に満ちている。私たちは日常の様々な場面で色によって内心を表現している。婚礼や葬儀に列するときなどは、身につけるもので想いを語っている。古くは、飛鳥時代に定められた冠位十二階でも、それぞれの位を意味する色があった。色は、象徴の手段として用いられただけではない。色にはもともと、魂を守護する働きがあると信じられた。

悲嘆のうちにアスファルトの道路を舌でなめ続けるような日々を送ったことがある。そのとき世界は、闇に覆われたわけではなかった。直面していたのはむしろ、色が消えゆく経験だった。色が、「色なき色」へと姿を変えるのである。

「色なき色」とは、色が褪《あ》せた状態を指すのではない。それは「虚《むな》しい假《かり》の世に咲く華やいだ色の美を超えた究極の美」（『源氏物語の色』）が顕現する場所だと古典文学研究の泰斗、伊原昭《いはらあき》は書いている。

色は、沈黙の言葉である。伊原は、言語という言葉だけでなく、色というもう一つのコトバによって古典文学を読み解き、伝統の秘義を明らかにしようとする。

「色なき色」の世界では、従来の価値が逆転する。弱者と呼ばれる存在の魂には、消えることのない勇気の炎があることが明らかにされる。そこではもう、悲しみも単に忌む対象ではない。むしろ、生の意味を高らかに告げ知らせる契機となる。別れは、新しき出会いの始まりになる。

25　文学の経験

二〇一六年は、夏目漱石（一八六七〜一九一六）の没後百年にあたり、翌年は生誕百五十年になる。

『こころ』は、漱石の作品のなかで、もっともよく読まれたものだが、多く読まれるということは必ずしも深く読まれることとは限らない。あらすじが広く語られ始めると、物語はむしろ、本当の姿が隠されていくことがある。めずらしい現象ではない。私たちも、人の噂を安易に信じるような人に、内心の思いを語ったりはしないだろう。書物も同じである。古典は、長く付き合ってくれる読者の出現を待っている。読むことを通じて、それぞれの人間が、私の『こころ』を胸のうちに産みだすこと、それが文学の経験にほかならない。

『こころ』という表題はもともと、『心』と漢字で書かれていた。そればかりか新聞連載中は「先生の遺書」という副題もあった。それがいつの間にか『こころ』と、ひらがなで書かれるようになり、「先生の遺書」は最終章の名前になった。

書名だけではない。これまでの多くの全集に収められた言葉は、漱石が書いたままではなく、弟子や編集者らによって手を加えられたものだったのである。漢字の表記、送り仮名の改変だけではない。ある講演の記録などでは、漱石の言葉として発表されたものとはまったく別の様相をしたものが収められていた。

こうした状況に大きな変化が起こったのは、一九九三年に刊行がはじまった岩波書店版の『漱石全集』においてだった。この本の編集で、中核的な役割をになった秋山豊《あきやまゆたか》氏は、初出の雑誌ばかりか、漱石の肉筆原稿に立ち戻って、作品をもとの姿によみがえらせた。

古典と呼ばれる書物はじつに不思議な存在である。いつも、多くの人に向かって書かれていると同時に、個々の読者に送られた手紙のようでもある。

そのことは『こころ』の「先生」も感じていたようで彼は、「私」への遺書に次のように記している。

「私は何千万とゐる日本人のうちで、たゞ貴方丈《あなただけ》に、私の過去を物語りたいのです」

真に個によって受けとめられることは、人類に呼びかけるに等しいと「先生」は考えている。これは「先生」の、そして作家である漱石の願いでもあっただろう。秋山氏は膨大な肉筆を前にしながら、幾度も先の言葉を嚙みしめたのではなかったか。

こうした漱石再発見の道程は、『漱石という生き方』という著作に記されている。この本は秀逸な漱石論であるだけでなく、読むことと書くことの原意を問い直す一冊になっている。

著者は、二〇一五年の一月に亡くなった。

読者とは、書き手から押し付けられた言葉を受け止める存在ではない。書き手すら感じ得なかった真意を個々の言葉に、また物語の深層に発見していく存在である。こうした固有の役割が、読み手に託されていることを私たちは、書物を開くたびに、何度となく想い返してよい。

また、文学とは、ガラスケースに飾られた書物の中にあるのではなく、個々の魂で起こる一度切りの経験の呼び名であることも想い出してよいのである。

「先生」は遺書で、先に引いた一節に続けてこう書いた。

私は暗い人世の影を遠慮なくあなたの頭の上に投げかけて上《あげ》ます。然し恐れては不可《いけま》せん。暗いものを凝《ぢっ》と見詰めて、その中から貴方の参考になるものを御攫《つか》みなさい。

消えることのない光はいつも、暗いところに隠れているというのである。

26 死者の季節

夏は死者の季節だ。死者たちの存在を強く感じる季節だ、という方がよいのかもしれない。

盆には彼岸からの死者の訪れがあり、家族総出でそれを迎える伝統があるからだけではない。一九四五年、広島と長崎への原爆の投下によって、無数の人々が亡くなり、先の大戦が終わりを迎えたからでもある。

死者は生者を守護する。それが「先祖」という存在の根底にある、と民俗学者の柳田國男《やなぎたくにお》が『先祖の話』で書いている。柳田もこの本を戦禍のなかで書いた。

ここでの死者は単に亡くなった人を指すのではない。姿は見えず、その声も聞こえることはないのだが、確かに存在すると感じられる、いわば「生きている死者」だ。

だが、すべての人が死者は存在する、という世界観を持っているわけではない。これまで死者をめぐる文章をいくつか書いてきたこともあって、死者はいない、と語る人々にも少なからず会ってきた。

世界観は人の数だけあってよい。ただ、死者を否む人々の多くが、それをあまりに強弁する傾向にあるのは気になった。死者はいない、と信じているのではなく、死者の存在が語られることに憤りを感じているように見えた。

人間の存在は、肉体的な死とともに消滅し、死ののちは無になる。そう語りながら、死者を否定はしないが、肯定もしない人たちも少なからずいる。死者の存在は問題になり得ないというのである。

理由がどうあれ、死者の存在を認めない人々であっても、大切な人の葬儀には真摯な姿で連なっているのではあるまいか。平和を祈念する、さまざまな追悼式や慰霊祭に荘重な面持ちで参加することがあるのではないだろうか。

さらにいえば、ふとしたときに、亡き者に向かって呼びかけたり、困難にあるとき亡き者に祈ったりする人たちもいるかもしれない。語ることにおいては死者を否むのだが、行動がそれを認めているのである。

いっぽう、死者を信じている、死者は敬わねばならないという人たちが、いつも死者への誠実を尽くしているとも限らない。死者を「代弁する」かのような口ぶりで語る行為が昨今では散見されるようになった。死者のコトバが沈黙であることを私たちは忘れてはならないのだろう。沈黙はつねに言語を超えたはたらきを持つ。

ともあれ、死者をめぐる私たちの行動には矛盾が多い。人は誰も理念のままには生きていない。生きられない、というべきなのだろう。

また、私たち生者は死を知らない。死を語るときには、知らないものを語るように言葉を選ばねばならない。もちろん、死者が存在するかを確実に証明できる人もいない。生者にとって死者は終わりなき謎であるともいえる。

だが、死者と共にある生活を語る誠実な言葉は、文化や国境を超えて、いくつも残っている。死者なしには宗教も芸術も文学もなかったかもしれない。その影響力は文字通り甚大だ。

優れた英文学者であり、童話『ナルニア国ものがたり』の著者C・S・ルイスも、しばしば死者を語る一人である。敬虔なキリスト者である彼にとって死者は、生者とはことなる姿をした人生の同伴者だったが、個人的な体験がそれを強化している。愛妻の死である。

彼は晩婚で、五十八歳になる年に結婚し、四年後に伴侶が逝き、その三年後に六十四歳で亡くなっている。妻を哀悼するために書かれた『悲しみをみつめて』(西村徹訳)と題する本は次の一節から始まる。

だれひとり、悲しみがこんなにも怖れに似たものだとは語ってくれなかった。わたしは怖れているわけではない。だが、その感じは怖れに似ている。あの同じ肺腑のおののき、あの同じやすらぎのなさ、あのあくび。わたしはそれをかみころしつづける。

愛する者の喪失は、怖れと戦慄、そして虚無の混合液のなかのような時空に彼を引きずり込む。こう感じるのはルイスだけではないだろう。少なくとも私はそうだった。こうした深い悲しみにあるとき、私たちは死者を近くに認識できないことがある。同じ本でルイスはこう書いている。

熱っぽい悲しみというものは、わたしたちを死者と結びあわせないで断ちきるからだ。これはますますはっきりしてくる。悲しみを覚えることのもっとも少ないときにこそ――朝の入浴のときなどたいていそうだが――Hはまったく生き生きと、すなわち、われならぬ他者として、わたしの心におしよせる。

「H」は彼の妻ヘレンを指す。苦しみのなかにあって愛する亡き者の名前を叫ぶとき、私たちは自分の声で、亡き者の無音の声をかき消してしまっている。死者の訪れを確かに感じるのは、涙が涸れ、慟哭するのを止めたときである、というのである。

死者はいない、私の前でそう語った人たちのなかにも、人知れず号泣していた者がいたに違いない。死者はいない。いるなら、必ず自分に分かるかたちで存在するはずだ、彼らは、そう語りたかったのではないだろうか。

単行本あとがき

衝撃的な、ということとは少し性質を異にする、忘れがたいとしか言い得ない人生の瞬間は誰にもあるだろう。特別なことではない。むしろ、昨日までは何ら変わりがなかった日常で、静かに幕が上がるようにして、これまで分からなかったことがぼんやりだとしても感じられるようになる。

そんな、何ものかによって、人生の奥の部屋と呼ぶべき場所へ導かれた経験はないだろうか。

その驚きにも似た心情を誰かに伝えたくて、言葉を尽して語ろうとする。しかし、伝えようと言葉を口にした途端に、輝いていた出来事も凡庸な事象にすり替わってしまう。内なる世界ではほとんど聖なる出来事のように感じられることも、語り始めると光が消えてしまう。

こうしたことが繰り返し起これば当然、想い返すことも少なくなる。語り得ない出来事なのだと、人生が言っているようにも思えてくる。確信も揺らいできて、以前は意味深いと思われていたことが単なる錯覚に過ぎないのかもしれない、と信じ込むようになる。私にもこうした経験が幾度も、繰り返された時期があった。

だが、あるとき、もしかしたらあの出来事は、語ることではなく、書くことを求めているのかもしれない、との想いが去来した。想いを書くのではない。むしろ人は、書くことで自分が何を想っているのかを発見するのではないか。書くとは、単に自らの想いを文字に移し替える行為であるよりも、書かなければ知り得ない人生の意味に出会うことなのではないだろうか。そう感じるようになった。

歓喜にあふれた悲しみを経験したことがある。表記からすれば矛盾を通り越して無意味にすら思われるかもしれない。だが、こう書いてみなければ分からない情感は確かに存在する。

すでに逝き、もう二度とその姿を認識することができないと思っていた人の存在を、悲しみのなかに見出したとき、そう感じた。姿は見えず、ふれることも、互いに言葉で語り合うこともできない。しかし、確かに実在する。悲しみのなかに生きている、そうはっきりと書き得たとき、歓びと悲しみは、同じ心情の二つの顔であることを知った。歓愛《かんあい》と悲愛《ひあい》は、消えることのない一つの情愛を呼ぶ、二つの名前であることが分かった。

忘れがたい歓喜の経験を語れ、と言われたら、私の心は、
小さな微笑ましい出来事を語り始める。だが、
心の奥にあって、
いつも無音の声で語る、私の魂は、

もっとも耐えがたい、
別離の出来事を書けと強く促す。
お前が探し求めていた本当の歓びは、
悲しみの彼方にあったことを想い出せと、
細く静かな声で語りかける。

考えてみれば当然のことだが、人は、一瞬たりとも同じ存在ではあり得ない。今の私は、明日の私とは違う。私は、毎瞬変化している。だから、書くこともまた、今にしか行われ得ない一回きりの営みになる。意識するかしないかは別にして人は、いつも、今しか書くことができない言葉を生み出している。

想いを書くのが難しいと感じられるなら、印象に残った言葉を書き写すだけでもよい。心の琴線にふれた言葉を文字に刻むことも、人間に託された大切な役割なのである。染色家で随筆家でもある志村ふくみが、引き写すことをめぐって、こう記している。

今ここに在って、この手に何かを託されている、この胸に一葉の詞《ことば》を刻まずにはいられない。このノートを書きはじめてほぼ一ヶ月あまり、この稀なる時間を何にたとえようか。朝の目覚めに時禱《じとう》集を読

み、今まで全く気づかなかった一行に触れ、それが
琴線のように全身に響いてくる。

（『晩禱《ばんとう》　リルケを読む』）

誰かの言葉であっても書き写すことによってそれらは、自らのコトバへと変じてゆくというのである。表現しようとする意図から離れ、純化されたまま引かれた言葉は、かえってその人の心にあるものを、はっきりと照らし出すことがある。

引用は、人生の裏打ちがあるとき、高貴なる沈黙の創造にな

る。そこに刻まれた言葉は、人がこの世に残し得る、もっとも美しいものにすらなり得る。

先の一節にあった「時禱集」とは、リルケの「時禱詩集」のことである。機会があって彼女のノートをまぢかに見たことがある。そこには、先の一節に記されたまま、リルケの言葉がいくつも引かれてあった。リルケの言葉であると知りながらも、そこに記されていたのは志村が、血で書いた言葉のように感じられてならなかった。

この小さな本に収められた小品で、読み手たちと分かち合えたらと願っているのは、私の考えではなく、書くことの秘義である。人は誰も、避けがたく訪れる暗闇の時を明るく照らし出す言葉を、わが身に宿している。そして、その言葉を書くことで、世に生み出すことができるのは自分自身だけなのである。

書物には、複数の生みの親がいる。書き手もその一人だが、編集、校正、営業、あるいは書店で働く人も、さらには読者もそこに名を連ねる。言葉は、書かれたときに完成するのではなく、読まれることによって、命を帯びるからである。

本書に収められたエッセイは、二〇一五年一月八日から六月二十五日まで、毎週木曜日、日本経済新聞の夕刊に、二十五回にわたって掲載された。その際、各章のタイトルそして全体の骨格が固まってくるのに大きく助力してくれたのが、文化部の岸田将幸氏だった。編集とは、見えない文字で作品を紡ぎ出すことである。連載を続けることができたのは岸田氏の編集の力量ゆえである。ここで深い謝意を送りたい。

また、新聞連載中に読者の方々からじつに真摯な感想を多くお寄せいただいた。毎週、手書きで感想を送ってくださる方もいた。そこに記された言葉に導かれて、未知の、ひとりひとりの読者の胸にむかって、直接語りかけるように書く、そう自らを鼓舞し続けることができた。この場を借りて心から御礼申し上げます。

書籍にするにあたっても素晴らしい専門家たちが集まった。ナナロク社の社長であり編集者でもある村井光男氏、装画に作品を提供してくださったひがしちかさん、校正を担当してくださった牟田都子さん、装丁を担当してくださった名久井直子さん、そして、見えないところで本書の出版を力強く支えてくれていたナナロク社のスタッフの皆さんにも心からの感謝を送ると共に、この小さな本の完成を一緒に喜びたい。

また、会社で私と一緒に働いてくれている仲間たちにも、改めて深謝したい。彼、あるいは彼女たちとの時間は、私にとって、かけがえのない文学の源泉になっている。

最後に、人は誰も、自らが真に欲する言葉を自分の手で書くという本能をもっている。

本書を手にした読者が、紙に記された言葉を読むだけでなく、文章を書くことで、出会うべき言葉と遭遇する。そうした経験の契機になることができたなら、筆者としてはこの上ない喜びである。

二〇一五年十一月二日　亡き者たちの日、万霊節に

文庫あとがき

この本は韓国語、中国語にも翻訳されている。どんな翻訳であれ、文化の融合と小さな創造的な出来事が起こらなければ、書物として結実しない。各国語に翻訳されるとき、「かなしみ」をめぐる語感に大きな齟齬がなかったのが深く印象に残った。「かなしみ」が悲痛の経験には終わらず、哀憐の「哀しみ」となり、悲愛の発見となる「愛《かな》しみ」となり、悲しみのなかに咲く美しい花に出会う「美《かな》しみ」となる。

人生には悲しみの扉を通じてしか見ることのできない地平がある。人は、悲しみを生きることによって、「私」の殻を打ち破り、真の「わたし」の姿をかいま見る。

また、悲しみを経て見出された希望こそが、他者と分かち合うに足る強度をもっている、とも思う。悲しみを生きるとは、朽ちることのない希望を見出そうとする旅の異名なのではないだろうか。

文庫版の作成にあたっては文藝春秋の山口由紀子さんにほんとうにお世話になった。編集という仕事は不可視な文字で「書く」ことでもあるが、言葉に「書物」という姿を与えることでもある。

装丁と文中には刺繡作家沖潤子さんの作品が置かれている。沖さんとこの本を結び付けてくれたのは文藝春秋の木村弥世さんだった。こうしたところにも創造的な読み手がいる。

沖さんの作品は、美しいだけではない。そこには切なるものが凝縮している。この本で描き出したいと願ったのは「切ない」感情ではなかった。切なるものとは何かという問題だった。沖さんが本書に携わってくれると聞いたときの衝撃は忘れがたい。本が新生する、と思った。

単行本の刊行と編集に携わってくれたナナロク社の村井光男さんにも、ここで改めて深謝したい。彼がこの本を作ってくれなければ、書き手としてまったく違った人生を歩んでいたと思う。彼は、書き手としての誇りを与えてくれた。

書くとは、言葉を手放すことでもある。文庫となり、この本が新しい読み手と出会うことを心から祈り、世に送り出したいと思う。

二〇一九年十月二十五日　宝塚にて

若松　英輔

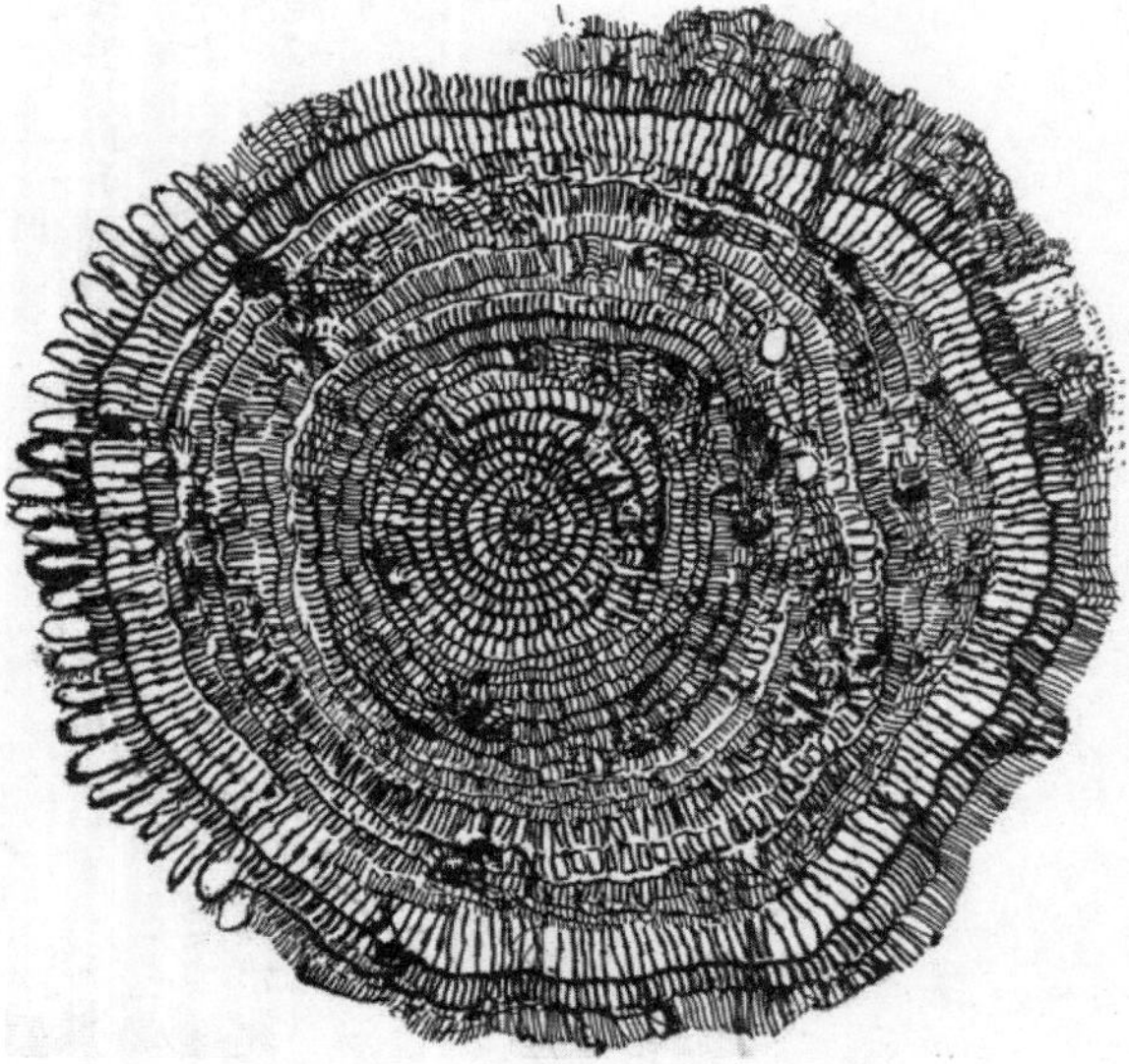

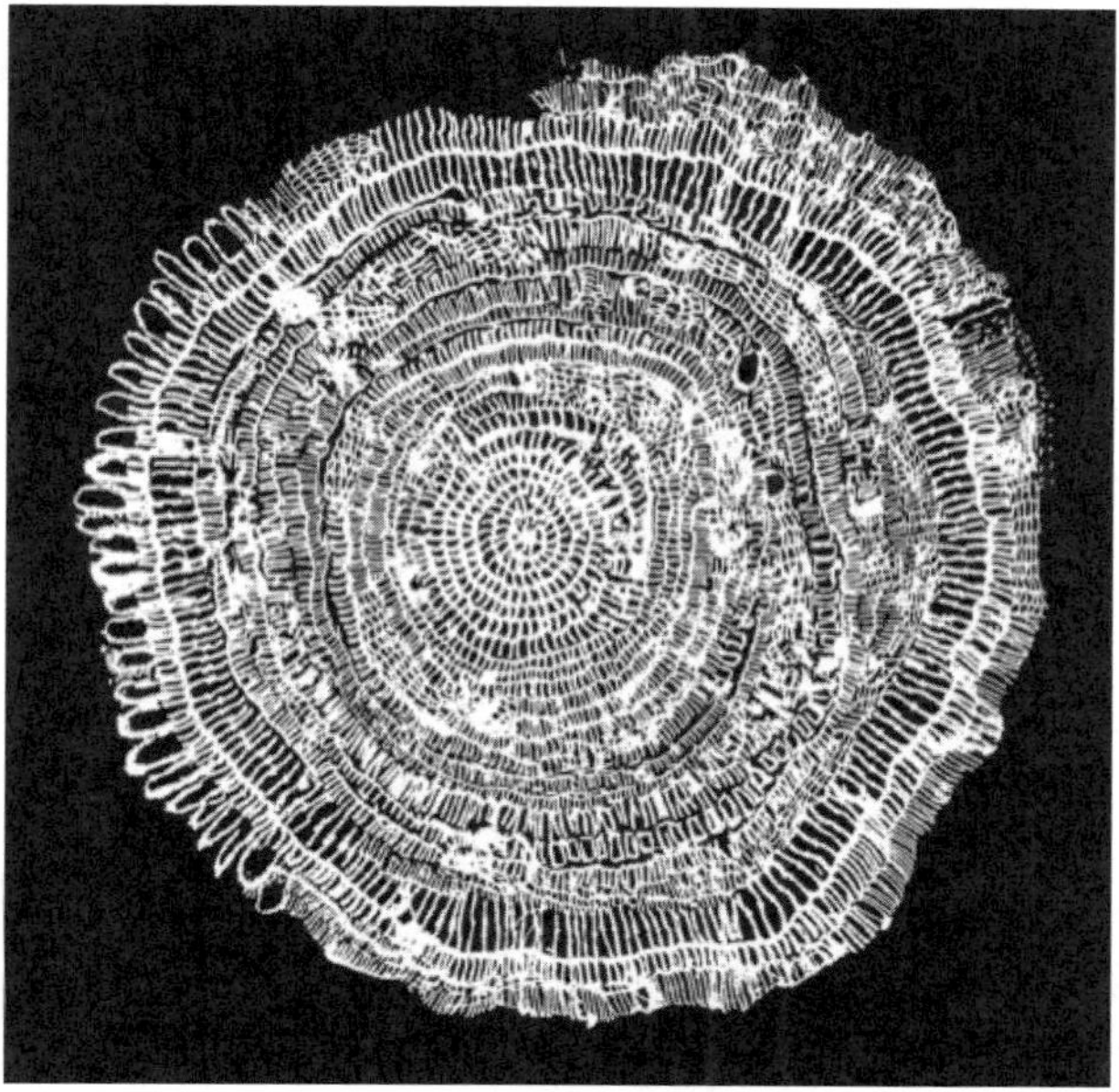

解説

見失いがちな「人生を俯瞰する視点」を宝石のような言葉が思い出させてくれる

俵万智

もしあなたが今、このうえなく大切な何かを失って、暗闇のなかにいるとしたら、この本をおすすめしたい。

あるいは、目の前のことに追われすぎて、ささいなことでイラついたり、何が大事かということさえ考える余裕がなかったりするなら、やはりこの本をおすすめしたい。

ずいぶんタイプの違う人にすすめるようだけれど、つまり両者に必要なのは「人生を俯瞰する視点」だと思うから。

実はここ数ヶ月、私はかなり心に余裕がなかった。近視眼的にしか、ものを考えられない状態だった。その中で本書を開くと、日常とは明らかに違う時間が流れはじめるのを感じた。心がしーんとして、人生の中で、自分がどのへんで何をしているかということや、大事にしなくてはならない人をおろそかにしていないかというようなことを、なんというかとても清浄な気持ちで考えられるのだ。たぐいまれな美しい装幀が、そういう気持ちに寄り添ってくれることも心地よかった。（文庫化にあたって新たな装いとなると伺い、それも楽しみだ）これからも、俯瞰する目を失いそうになったら、この本に助けてもらおうと、いざというときのために何と心強い一冊を得たかと、救われる思いだった。

宮澤賢治、須賀敦子、神谷美恵子…本書で引用される人たちの多くは、愛する者を人生の途中で失うという経験をしている。引用の達人である著者は、切り出してきた宝石のような言葉たちに独自の光をあて、そのまま出会っていたら気づかないような輝きを見せてくれる。「読むことは、書くことに勝るとも劣らない創造的な営みである。」とは本書の一節だが、まさにそのことが体現されている。
死者や悲しみや孤独について書かれた文章を、これほどまでに著者が読み解き、そこに自身の心を見出す理由は、「彼女」という章で明らかになる。引用の達人、などと簡単に書いてしまったけれど、それは魂を賭けて言葉を味わった軌跡なのだ。

（歌人）

ブックリスト

はじめに
『夜と霧　新版』ヴィクトール・E・フランクル　池田香代子訳　みすず書房

1　悲しみの秘義
『新編　宮沢賢治詩集』天沢退二郎編　新潮文庫

2　見えないことの確かさ
『若き詩人への手紙・若き女性への手紙』リルケ　高安国世訳　新潮文庫

3　低くて濃密な場所
『小林秀雄―越知保夫全作品』慶應義塾大学出版会

4　底知れぬ「無知」
『メノン』プラトン　藤沢令夫訳　岩波文庫

5
眠れない夜の対話
『こころの旅』神谷美恵子コレクション　みすず書房

6
彼方の世界へ届く歌
『考えるヒント』小林秀雄　文春文庫

7
勇気とは何か
『点滴ポール　生き抜くという旗印』岩崎航　ナナロク社

8
原民喜の小さな手帳
『小説集　夏の花』原民喜　岩波文庫

9
師について
『遺稿集「南無アッバ」の祈り』井上洋治著作選集5　日本キリスト教団出版局

10
覚悟の発見
『あたりまえなことばかり』池田晶子　トランスビュー

11
別離ではない
『切支丹の里』遠藤周作　中公文庫
『死者・生者―日蓮認識への発想と視点』上原專祿著作集16　評論社

12
語り得ない彫刻
『芸術論集―緑色の太陽』高村光太郎　岩波文庫

13
この世にいること
『須賀敦子全集』第1巻　河出書房新社
『霧のむこうに住みたい』須賀敦子　河出書房新社
『コルシア書店の仲間たち』須賀敦子　文春文庫

14
花の供養に
「花の文を―寄る辺なき魂の祈り」石牟礼道子　「中央公論」二〇一三年一月号

15
信頼のまなざし
『クリスマス・キャロル』チャールズ・ディケンズ　脇明子訳　岩波少年文庫

16
君ぞかなしき
『新版　古今和歌集　現代語訳付き』高田祐彦訳　角川ソフィア文庫

17
模写などできない
『読むと書く　井筒俊彦エッセイ集』慶應義塾大学出版会

18
孤独をつかむ
『岸田劉生随筆集』酒井忠康編　岩波文庫

19
書けない履歴書
『禅の第一義』鈴木大拙　平凡社ライブラリー

20　一対一
『ユング心理学と仏教』河合隼雄　〈心理療法〉コレクションV　岩波現代文庫

21　詩は魂の歌
『堀辰雄全集』別巻二　筑摩書房

22　悲しい花
『岡倉天心全集』第1巻　平凡社

23　彼女
『生きがいについて』神谷美恵子コレクション　みすず書房

24　色なき色
『新古今和歌集』久保田淳訳　角川ソフィア文庫
『源氏物語の色　いろなきものの世界へ』伊原昭　笠間書院

25　文学の経験
『漱石という生き方』秋山豊　トランスビュー

26　死者の季節
『悲しみをみつめて』C・S・ルイス宗教著作集6　西村徹訳　新教出版社

単行本あとがき
『晩禱　リルケを読む』志村ふくみ　人文書院

刺繡作品・写真
沖潤子

ＤＴＰ制作・本文デザイン
木村弥世

単行本　二〇一五年十一月　ナナロク社刊

文春文庫

悲《かな》しみの秘《ひ》義《ぎ》

定価はカバーに表示してあります

2019年12月10日　第1刷
2022年11月25日　第9刷

著　者　若《わか》松《まつ》英《えい》輔《すけ》
発行者　大沼貴之
発行所　株式会社 文藝春秋

東京都千代田区紀尾井町 3-23　〒102-8008
TEL 03・3265・1211㈹
文藝春秋ホームページ　http://www.bunshun.co.jp

落丁、乱丁本は、お手数ですが小社製作部宛お送り下さい。送料小社負担でお取替致します。

印刷・図書印刷　製本・加藤製本
Printed in Japan
ISBN978-4-16-791414-1